Villa Wexler

JEAN-FRANÇOIS DUPONT

Villa Wexler

ÉPREUVES NON CORRIGÉES
PARUTION LE 2 SEPTEMBRE 2021

ASPHALTE

Asphalte éditions
Cour Alsace-Lorraine
67 rue de Reuilly
75012 Paris
www.asphalte-editions.com

ISBN : 978-2-36533-107-4

Couverture : Mike Dobel / Arcangel Images

Parfois, je suis envahi par une seule image, comme un plan en scope : la Villa des Wexler. À la tombée du jour, de loin, depuis la colline peut-être. Je perçois encore la rumeur de la forêt ou l'écho lointain de l'autoroute. On s'approche. Quelqu'un marche et ses pas bruissent dans les hautes herbes. Ce pourrait être moi, je l'ai fait si souvent. Douze kilomètres à vélo. Pédalier tordu. Le nombre de fois où je me suis pris des gamelles dans l'hiver. Pauvre vélo.

Mes parents n'avaient plus l'énergie de me retenir. Ils s'engueulaient à plein temps. Tu vois, ton fils sort encore. Tu vas où ? C'est bientôt la nuit. Prends ta montre. Je refermais délicatement la porte sans répondre.

Je respirais l'air dans la côte, le frais, le froid, le glacé. Je respirais Charlotte. Je l'entrevoyais parfois de ma cachette, une simple silhouette qui s'animait quand la lumière était éclairée dans sa chambre. Même avec mes petites jumelles, je n'en distinguais hélas pas plus. Il m'arrivait d'oublier le temps. Je restais accroupi. Les aiguilles de pin formaient un tapis mou et tiède. J'imaginais les animaux autour de moi, les chevreuils figés dans les fourrés qui eux aussi m'observaient.

Je viens de parvenir au sommet de la Montagne. C'est ainsi qu'on surnommait ce brouillon de colline qui surplombe l'étang et la Villa. Encore qu'un rideau d'arbres masque désormais une partie de la propriété. La *Villa*, un mot de Wexler, c'est lui qui le prononçait avec le plus de conviction, laissant durer sur ses lèvres un goût d'autrefois. De même, on ne disait pas l'étang, on parlait du *lac* ou même du *Pacifique*. Un ancien propriétaire y avait ancré un aileron de requin en plastique. Le moindre remous sur l'eau le rendait étrangement inquiétant. Je balaie des yeux la surface verdâtre, mais je sais bien qu'il a disparu.

Je cherche aussi en vain l'incroyable forêt de bambous qui, à l'époque, envahissait les abords de l'étang et le rendait par endroits inaccessible. Cette cuvette au milieu des collines était comme un caprice du relief. Tel le fermier du Far West établi au pied d'une éminence, Wexler avait toujours l'air de redouter quelque chose. Il en fallait peu. La clochette d'un chien de chasse, le hennissement du cheval ou, très loin, à peine audible, la sirène d'un véhicule d'urgence. La sonnerie du téléphone crispait une seconde son visage. Les rares fois où je tentais une question, Charlotte la balayait gentiment mais fermement. Laisse tomber, tu vois bien, c'est Dad.

Les Wexler ont dû s'installer à la Villa la veille de la rentrée scolaire. Jusqu'au bout, leur maison est demeurée plongée dans une forme de désordre composé. J'ai toujours en tête des cartons qui encombrent les couloirs ou le palier à l'étage. Je revois encore une malle ou l'une de ces cantines kaki qui changeait souvent de place, se faisait table de salon ou de chevet quand elle n'était pas un obstacle contre lequel on se heurtait parfois dans l'obscurité. On aurait dit qu'on les avait disposées là à dessein, en guise de système d'alarme. À côté de ça trônait une commode Empire, une armoire chinoise ou un fauteuil club. Je slalomais au cœur de ce dédale, je slalomais derrière Charlotte. Jusqu'à sa chambre, bien sûr, mais pas seulement. Nous avons aussi passé du temps dans les caves de la Villa. Avec le recul, je dirais même que c'est le seul endroit où j'ai eu l'impression d'échapper à l'attraction de l'aimant familial. Charlotte était tout autre dans cette pénombre, cette zone incontrôlée où personne ne nous imaginait.

Le père se prénommait Richard. C'était notre prof de français. Je crois ne jamais avoir vu quelqu'un capter son auditoire avec un tel brio. Sa voix suspendue au-dessus de nous, dans un silence de crypte. À peine en filigrane, des timbres fragiles. J'ai souvent repensé à la façon dont il nous avait aussitôt mis dans sa poche.

Mon nom est Richard Wexler, je vais vous parler de littérature et de bien d'autres choses encore.

Ses yeux, alors très mobiles, traquaient nos réactions et paraissaient nous photographier en mode rafale. C'était une sensation étrange mais pas désagréable. Une sorte de petit danger qu'il entretenait avec de larges sourires énigmatiques.

Les adultes aussi sont tombés sous le charme, les uns après les autres. Cet homme possédait un certain nombre d'atouts et il en avait conscience. Sa stature, proche du mètre quatre-vingt-dix. Sa longue tignasse, encore très fournie et foncée pour son âge. Le grain de sa voix. À la fois sonore, intense et chaleureux, toujours réglé sur le même volume. Et ce regard qui ne vous lâchait pas. Ajoutez les accessoires, les chemises blanches, les blazers ou le caban de cuir noir usé qu'il avait endossé tout l'hiver. Et la voiture, un antique break Ford dont les plaques d'immatriculation TT rouges laissaient penser qu'il avait parcouru la moitié de la planète.

Pardonnez-moi, il me faudra un léger temps d'accoutumance... J'ai vécu en Afrique, longtemps... Alors... Ses bras s'étaient abaissés lentement telle la voile d'un parachute qui s'évase au contact du sol. Je le revois, à moitié assis sur le bureau, comme il l'était souvent, une main désignant ses pieds nus flottant dans des mocassins en daim.

L'Afrique. Charlotte demeurait évasive. Il y avait eu le Gabon, la Côte d'Ivoire, le Togo... Parfois, il me semblait qu'elle s'embrouillait. Personne n'insistait. On avait honte de n'avoir jamais mis les pieds en dehors de chez nous. Comment pouvait-on atterrir dans notre trou ? Douze mille habitants, une rue commerçante, un espace commercial, une équipe de foot en D3. Le Modern' Cinéma avait déjà fermé ses portes depuis quelques années. Autour, pas grand-chose, des collines, des forêts et, à une demi-heure de voiture, la Suisse, comme un mirage en chocolat.

Nous tournerons un film.

Une brève rumeur a traversé la classe. De ses longs doigts, Wexler a formé l'objectif d'une caméra, laquelle a balayé nos têtes, dans un sens, puis dans l'autre, avant de s'immobiliser sur l'une d'entre nous. L'instant durait.

Aurore est devenue écarlate. Elle tentait de conserver le sourire, de nous prendre à témoin, puiser une aide qui ne viendrait pas. Elle se dissimulait le visage avec ses cheveux auburn, rien n'y faisait. Vous êtes très belle, mademoiselle. Aucun prof ne se serait jamais autorisé un tel compliment, même il y a vingt ans. Les mains de Wexler se sont enfin défaites. Nous nous regardions sans nous regarder. Nous revenions à Aurore, à notre professeur, nous revenions à nous.

Oui, un film. J'attends de mieux vous connaître pour en parler.

Aujourd'hui, je suis certain qu'il venait d'inventer ce projet. C'était notre premier cours. Nous n'étions même pas une classe de littéraires, même pas des scientifiques, juste des ES, des gens sans qualités, comme il s'amuserait à nous le rappeler.

Vous êtes en Première, jeunes gens. Certains n'ouvriront bientôt plus un livre. C'est votre dernière chance de découvrir la beauté.

Un film, a-t-il prétendu, c'était pour nous motiver. Une couillonne s'est inquiétée de savoir si cela ne nuirait pas au programme. Les quolibets et les hurlements ont évité à Wexler une réponse. Son sourire béat a produit en moi une drôle d'impression.

Des années que ça durait pour nous, les garçons. La beauté d'Aurore la rendait inabordable. De plus, elle était d'une telle réserve que les rares phrases que nous lui adressions semblaient tomber dans le vide. Elle rougissait, et nous aussi. L'entrée en scène de Charlotte l'a transformée. C'était comme si elle se délestait d'un poids qu'elle n'aurait jamais pu supporter seule. Être belles à deux, c'était plus simple.

Wexler, Aurore. Tout a commencé dans ces jours-là, dans cette curieuse attirance de l'un pour l'autre. Le *Vous êtes très belle* nous avait stupéfaits. Si ce compliment était revenu à leurs oreilles, aucun parent ne paraissait s'en être offusqué. C'était quand même une autre époque et l'homme était habile. Il désamorçait ses propres bombes et désarmait toutes les méfiances. Cet homme a poussé le bouchon jusqu'au bout.

Qu'avait-il bien pu se passer avant que les Wexler n'arrivent dans notre petite ville ? Je crois que cette famille, aussi lumineuse et séduisante qu'elle paraissait, en était arrivée à ce point de rupture que connaît un avion lorsqu'il défie l'altitude et s'enfonce trop haut dans le ciel.

Mon ami Charles Diximus s'est tué dans un accident de voiture un 14 juillet, il y a une petite dizaine d'années. Un platane sur la route de Genève. Je me trouvais alors sur le Rio de la Plata, à bord d'un ferry pour Montevideo. Le brouillard était si épais qu'on se distinguait à peine entre passagers. Je me souviens des embruns glacés sur mon visage, de mes mains fourrées dans les poches de ma parka, du téléphone qui vibre sous mes doigts gourds. Et cette phrase irréelle de mon père en cet endroit : ton copain Diximus est mort.

Diximus. Personne ne porte un nom latin, ça n'existe pas dans la vraie vie. J'adorais. Lui n'avait justement pas envie d'y plonger, dans la vraie vie, les romans et les films lui suffisaient. Aurore devait être secrètement incrustée au fond de ses pupilles, mais loin, tellement loin. L'avait-il au moins un jour fixée droit dans les yeux ? Il fumait aussi, je veux dire des produits illicites, ce qui, certes, ne l'incitait pas à l'action mais ne l'empêchait pas de conserver un minimum de contrôle sur son existence. Diximus était une sentinelle qui enregistrait les bonnes images et, entre deux volutes, posait les justes mots. Parfois, quand j'y repense, j'ai l'impression qu'il veillait sur moi.

Le sentier d'autrefois serpente à travers les fourrés, il monte, descend, se tord ou se penche, mais il existe encore.

Les promeneurs ne doivent pas s'y bousculer. Rien ne me parle sur le chemin. Les arbres et les herbes ne parlent pas. Ce que nous appelions la maison du KGB est une sorte de casemate sans meurtrière qui abrite un réservoir d'eau. La voici. Un petit escalier s'enfonce dans le sol jusqu'à une porte métallique gris cendre toujours verrouillée. Parfois, nous frappions à cette porte en mimant un code, comme si quelqu'un allait finir par nous ouvrir. La mousse recouvre partiellement le toit de béton. Un graph est devenu aussi délavé qu'un vieux tatouage.

J'ai ce flash soudain. C'est une journée douce. Cheyenne est assise sur ce petit escalier. Tu fais quoi là ? J'aurais pu lui lancer la même question sauf qu'elle est plus vive et sait me dérouter. La sœur de Charlotte était censée être étudiante. En quoi ? Je ne saurai jamais. Elle devait avoir vingt ans mais ses yeux laissaient penser qu'elle avait vécu davantage. Ce jour-là, ses pupilles luisaient dans son visage pâle, on l'aurait dit fiévreuse. Ça va ? Je me suis entendu répondre deux, trois mots sans suite, j'ai dû m'empourprer. Il fallait que je m'éloigne, que je m'enfonce de nouveau dans la forêt. Je rôdais. J'errais. Je cherchais. Mais quoi ? Charlotte révisait l'oral de français, pas moi, je n'y parvenais pas. Charlotte me manquait, elle emplissait et vidait ma tête.

Ce jour-là, ce qui m'a fait tressaillir, c'est l'apparition d'un homme en costume et chaussures de ville. Que faisait ce type au milieu de la forêt ? Je le reverrais plusieurs fois. Il mastiquait du chewing-gum, ça me revient de loin, ça claque dans sa bouche, et encore aujourd'hui dans mes oreilles.

J'AIME l'odeur des voitures de location, l'absence de détails familiers, le vide absolu de l'habitacle. Mon père m'a encore laissé un message. Viens au moins dîner. Pas envie de répondre.

Ce retour à la maison. Ce tête-à-tête avec sa nouvelle compagne. Ça peut attendre. Disons que je ne suis pas tout à fait revenu.

Je démarre. Le ronronnement d'un véhicule qu'on ne connaît pas. C'est lisse, c'est agréable. Je réécoute le message de mon père, il a la voix d'un bienheureux.

Je dors au Terminal 21 pour la troisième nuit consécutive. C'est ma première sortie. Il m'a fallu tout ce temps pour me remettre du voyage. Votre valise vous attend dans votre chambre, monsieur. J'ai répondu Enfin. On s'est souri, comme deux complices autour de cette petite affaire de bagage égaré. La réceptionniste se prénomme Ida, c'est écrit sur son badge. Son accent a quelque chose de lointain, presque d'irréel. Elle était déjà là ce matin.

Longue journée.

Oui, le temps est long.

Il y a comme une douce fatalité dans les mots d'Ida. Le temps est long. C'est beau.

Je dois avoir l'air ailleurs. Elle me sourit encore une fois puis se concentre de nouveau sur l'écran devant elle. Elle a rosi, j'en suis sûr. C'était infime.

J'examine les étiquettes code-barrées entrelacées sur la poignée de ma valise mais à quoi bon ? Une valise ne parle pas. Jamais elle ne me racontera comment elle a été détournée sur Milan, Dubaï puis Malaga. Je me fais couler un bain et y verse un gel douche miniature.

Je m'approche de la fenêtre. Le parking est quasiment vide, à part ma voiture et une petite Citroën garée sur la place handicapés. Un scooter rouge également, enchaîné à un lampadaire. Mon front collé à la vitre, j'essaie d'imaginer Ida avec un handicap. Je la vois plutôt en scooter. Le ciel est bleu par endroits, un bleu pâle auquel je ne suis plus accoutumé. Sur l'autoroute, on dirait qu'il n'y a que des camions. J'allume la télé et coupe le son. Je m'assieds sur l'unique chaise face au bureau en bois crème. L'eau produit un doux grondement dans la baignoire.

J'ai déjà ôté mes chaussures, mon pantalon et ma chemise. Tout gît à même le sol. J'essaie de me souvenir de la première fois où je me suis retrouvé seul dans une chambre d'hôtel. Les murs saumon, les appliques dorées et cette photo de la tour Eiffel. Toujours cette sensation d'être dans un décor. Chaussettes, caleçon sur le faux parquet. D'ordinaire, je suis un garçon plus soigneux.

L'eau est brûlante comme j'aime, mais il faut s'y fondre avec mesure. Un jour, j'avais surpris Cheyenne dans son bain et elle avait paru encore moins gênée que dans la forêt. Elle s'était redressée, ses seins pâles pointant à la surface. Ben, ça va, fais comme chez toi. Il est vrai que je traînais partout dans leur maison. J'aimais bien. Parfois, Charlotte était de garde, comme elle disait. Chez les Wexler, les tâches étaient réparties sur une ardoise accrochée dans l'entrée. Ménage, cuisine, lavage. Ce qui ne rendait pas la maison plus ordonnée, mais poussait chacun à fournir un effort. Et sans tricher.

Seul Karl, le garçon, le petit dernier, échappait plus ou moins à ce système domestique. Lui était souvent ailleurs, dans les arbres, les maïs, les fourrés. Je le voyais peu. Pour des raisons qui me paraissaient confuses, il suivait des cours par correspondance. Dès la fin de l'hiver, il allait passer le plus clair de son temps dehors et souvent armé d'un 22 long rifle que lui avait offert son père. Il possédait également une arbalète. À onze ans. Moi, j'en avais seize et je trouvais ça étrange. On aurait dit qu'il patrouillait dans la jungle. Karl avait la tête d'un de ces gamins dotés d'un sixième sens qu'on voit dans les films américains. Il parlait peu. Des phrases très courtes, parfois insensées. La lune a l'air vieille ce soir. Je me suis plusieurs fois demandé s'il ne surjouait pas son personnage. Karl bénéficiait d'une sorte d'immunité, surtout de la part de ses deux sœurs. Il arrivait que les trois enfants Wexler partagent le même lit, c'est du moins ce que Charlotte m'avait confié. C'est un vrai nid, tu peux pas imaginer. Je voulais bien le croire.

Soudain, le visage de ma mère envahit l'écran de mon portable, lequel sautille sur le lavabo au bord du vide. J'émerge de la mousse et saisis l'appareil avant sa chute. Et presse hélas sur connexion. Allô chéri ? Une certaine distance nous sépare sur le globe terrestre mais j'en rajoute vite une couche. Voix ailleurs, l'air affairé. Ma mère vit à Naples, Floride, dans une résidence bunker avec vigiles et vidéosurveillance. Remarié à William, un type qui doit avoir vingt ans de plus qu'elle. Avant de quitter notre maison familiale, elle y a effectué un ultime raid. Il ne reste plus à mon père la moindre photo de moi. De temps en temps, elle m'en fait parvenir une par courrier électronique. La dernière : une plage, une pelle, un seau et moi qui esquisse un sourire incertain. J'ignore ce que l'inconscient maternel veut me signifier par là.

L'eau de mon bain tiédit déjà. Ma mère me parle de sa piscine, de la bonne cubaine. Mike, le jardinier, tu sais – non je ne sais pas – enfin Mike quoi ! Il vient manger ce soir, on fait un barbecue. Et toi ?

Moi ? Si je viens ?

Je la fais rire. Ce rire qui m'a toujours gêné. Elle insiste pour que je décrive ma chambre. J'invente. Tu as une belle vue ? Des glaçons tintent dans un verre. Je ne suis plus très sûr qu'elle m'écoute. Il y a soudain comme une effervescence chez elle. Une sonnette musicale. Un petit chien jappe. Je perçois une voix d'homme. Au fait... William t'embrasse ! Allô ? Je ne t'entends plus, chéri... Il est temps de raccrocher.

La nuit approche. Je suis debout, nu, devant la fenêtre, avec l'autoroute comme seul vis-à-vis. Je me souviens qu'autrefois déjà elle formait comme un fleuve que nous ne dépassions pas. À quoi bon s'enfoncer dans la plaine ? La vraie vie était de ce côté, de celui des collines et des forêts.

En bas, sur le parking, la place handicapés est vide. Plusieurs véhicules côtoient désormais le mien. J'aime faire durer ce genre d'instant. Le climatiseur n'est qu'un rassurant murmure. Dommage que le minibar soit hors service. Je devrais ouvrir ma valise. Ma chambre est telle que je l'ai trouvée il y a trois jours, mes reliefs en plus. Il serait temps d'ôter l'accroche-porte « Ne pas déranger ».

Somnifère ou pas, j'ai du mal à retrouver le sommeil. Un sommeil d'Europe. Je ne descends qu'à l'heure du petit-déjeuner me ravitailler en croissants et jus d'orange. Je regarde la télé et m'endors par courts segments. Le jour, ça va encore, mais la nuit. J'ai du mal avec la nuit.

Avant de partir, j'ai acquis un carnet Moleskine à l'aéroport. Son utilité m'est venue dans l'avion. J'ai senti frémir le début de quelque chose, de manière très brève. Ainsi y ai-je noté : Chaise d'arbitre. C'est tout. Oui, une chaise d'arbitre, de celle qu'on trouve sur les courts de tennis et qui offrait de la colline un supplément de hauteur à celui qui voulait s'y jucher. À l'époque, j'avais fait comme tout le monde, je m'y étais assis et il est vrai qu'on se sentait comme en lévitation au-dessus du paysage. Ça ne durait pas très longtemps, enfin je veux dire qu'à seize ans, on n'a pas que ça à faire. Qui avait monté un tel objet sur la crête ? Aucun chemin carrossable n'y menait. Il avait fallu de l'idée et surtout de l'énergie pour transporter ce machin jusque là-haut.

C'est Charlotte qui, la première, a vu son frère perché sur cette chaise, en train de nous accommoder dans la lunette de sa carabine. J'ai toujours pensé que c'était moi qu'il visait. D'ailleurs, Madame Wexler s'était avancée comme pour me protéger de son corps. Je la revois battre des bras en direction de la colline et intimer l'ordre au tireur de descendre immédiatement. Le père était apparu à son tour à nos côtés. Il avait juste ri et s'était même tourné vers moi, l'air de me prendre à témoin. Alors, la tension entre les parents était montée d'un coup, lourde, muette, dans un furieux combat de regards. Puis la mère s'était mise à hurler, d'abord contre son mari puis contre son fils. Karl tremblait, les yeux hagards. Et puis soudain, plus un mot, plus rien, comme si la bande sonore avait été coupée net. Ce doit être la seule fois où j'ai assisté à une scène de dispute dans cette famille. J'avais pourtant l'habitude.

Qui a approché vraiment les Wexler ? Qui a vécu chez eux ? Qui a surtout disparu avec eux ? Seule Aurore en sait plus que moi, bien plus. Mais tous deux, nous avons failli être absorbés voire digérés par le singulier organe qu'était cette famille. La vie dangereuse se déroulait hors de notre vue ou loin de nos oreilles. J'imagine de brefs échanges téléphoniques, des allers-retours express, des rendez-vous en forêt ou à l'église. Oui, Cheyenne passait beaucoup de temps à l'église, c'était son côté mystique, même si elle a dû oublier Dieu plus d'une fois. Comment s'était-elle procuré un jeu de clefs, je n'ai jamais su. Le prêtre était un vieil homme pas commode, encore vêtu d'une soutane, et qui n'aurait jamais accordé sa confiance à une telle fille. Mais ça ne veut rien dire. Les hommes sont fragiles. Sur l'insistance de Charlotte, Cheyenne nous avait consenti une petite visite, de la sacristie au clocher. La ville était presque belle de là-haut. On avait joué à s'avouer de faux péchés dans le confessionnal, à faire semblant de se repentir, le tout en boulottant des hosties.

Et Madame Wexler ? Elle ne travaillait pas, au sens où on peut l'entendre. S'il faut tuer les clichés, elle n'avait rien d'une femme soumise, dominatrice ou dépressive. Elle était sensée et plutôt drôle, pas très portée sur les tâches ménagères ni la cuisine. Les choses se faisaient ou ne se faisaient pas, ce n'était pas grave. Dans cette famille, tout paraissait alors circuler d'une manière si naturelle, telles ces lampes emplies d'un liquide fluorescent qui s'écoule dans un sens, dans l'autre, à peine sensible aux vibrations humaines.

J'oublie de préciser : la mère était belle, ce qu'on appelle une beauté surannée. Plus tard, dans ma période cinéphile, j'ai retrouvé quelque chose de sa présence chez Stéphane Audran, une ancienne actrice française que mon père adorait. Madame Wexler se prénommait Elizabeth, mais je ne sais plus comment je l'ai appris.

L'automne d'alors ressemblait à un tunnel en pente, où tout s'accélérait de jour en jour. On ne s'accrochait à rien. Le matin, il faisait encore nuit quand on partait en cours, toujours nuit quand on en sortait. Une nuit brumeuse, en noir et blanc. La cloche du lycée résonne toujours dans ma tête. Pas une sonnerie, une cloche archaïque et lugubre qui semblait à chaque heure annoncer un enterrement.

Mes parents se cherchaient à petits coups de phrases aigres. Le ton montait soudain puis ça se calmait. Je finissais par pressentir les dérapages. Ma chambre était mon blockhaus. En surface, je m'en foutais, comme si tout était écrit depuis ma naissance. Mais si j'y pensais plus de cinq minutes, que je les regardais faire semblant devant moi, rire pour rien, me rappeler des trucs d'enfance, des plages du sud ou des anniversaires, j'avais envie de me taper la tête contre un moellon.

Il me semble que les choses ont glissé ainsi jusqu'aux dernières semaines précédant Noël. Je sortais peu, les weekends filaient à grande vitesse, je dormais jusqu'à pas d'heure. Il y avait les devoirs de ci, de ça et surtout de français, de littérature comme le martelait Wexler. Vous lirez *Alcools* pour demain. Oui, cette nuit ! Préparez un exposé sur… disons : L'adolescence au cinéma. Racontez votre journée en vers libres. Avec lui, ça n'arrêtait pas. Sauf que personne ne s'en plaignait. Ses cours étaient les seuls où l'on ne s'emmerdait quasiment jamais. Il se passait toujours quelque chose. C'était à la fois joyeux, stimulant et très flippant. Il arrivait que Wexler se plante devant vous et n'en bouge plus. Qu'il s'asseye sur votre table ou s'accroupisse à votre hauteur. Et là, on était vraiment seul, avec vingt-cinq paires d'yeux braquées comme au spectacle. Parfois, il ne se passait rien, seulement un profond silence qui vous enveloppait et vous foutait la honte, parfois c'était pire. Wexler semblait scruter un détail, il fixait un point sur votre visage ou votre corps, jusqu'à vous transpercer. Il prononçait une phrase que vous compreniez ou non, il vous posait une question à laquelle vous ne trouviez pas de réponse. Ça durait. Un ruisselet de sueur irriguait votre dos. Enfin, c'était fini. Wexler dépliait de nouveau sa grande carcasse, remontait l'allée comme la coursive d'un chalutier. Et soudain sa voix se cabrait ou prenait une autre nuance. Allez ! Revenons au texte. Supervielle, de son prénom Jules, pour rappel, on en est à la strophe 2.

D'autres jours, il arrivait en cours l'air défait. Pas rasé, des cernes de malade, les traits comme fripés. On s'installait, lui aussi derrière son bureau où on le voyait rarement. Ses yeux erraient entre la salle et les fenêtres. Il finissait par ouvrir son espèce de gibecière acajou qui paraissait toujours vide. Il en sortait un bouquin enveloppé dans du papier journal. On aurait dit qu'il était seul, qu'il aurait pu nous laisser des heures comme ça, face à lui. Les poussières stagnaient dans la lumière du matin. Parfois, il cherchait un regard, comme pour en découdre. Personne ne bronchait. Il extirpait de sa sacoche une mini-bouteille en plastique qu'on aurait pu dire remplie d'eau. Il en avalait une gorgée, fermait les yeux. Un courant de chuchotis finissait par s'insinuer entre nous. Et après s'être raclé dix fois la gorge, il se mettait à lire des pages et des pages. Il ne déclamait pas, ce n'était pas son genre. Il avait un ton à lui, peut-être que ça tenait au grain de sa voix, jamais il ne chantonnait, jamais il ne bafouillait. Ça sortait comme ça, avec cette patine qui nous semblait naturelle.

Charlotte. Je l'observais comme la fille de son père. Ce dernier ne lui adressait jamais la parole en cours, aucune question, rien. Elle adoptait à notre égard, nous les garçons, une courte distance qui mettait du temps à s'effriter. Je surprenais ses yeux sur moi, c'était furtif, juste de quoi me faire tanguer une seconde. Elle passait le plus clair de son temps libre avec Aurore. À la bibliothèque ou sur le terrain de sport quand la météo s'y prêtait. Je les vois encore juchées sur une sorte de dispositif métallique vert, moitié cage, moitié échelle. Dans mon souvenir, elles riaient tout le temps. Je devais avoir l'air d'un abruti devant leurs jambes qui se balançaient au-dessus de moi.

En ce début d'hiver, d'autres histoires plus anciennes finissaient de se tisser, ou plus souvent de se tasser. Nous nous connaissions depuis des années, pour certains, depuis la maternelle. Il y avait un ou deux petits couples, j'aimerais bien savoir jusqu'où se sont poursuivies leurs relations. Toujours main dans la main, leurs câlins ressemblaient déjà à des postures, pire, des réflexes. C'était ce qu'on grommelait dans leur dos. Diximus trouvait qu'ils étaient déjà aussi vieux que nos parents. Diximus ramait depuis quand avec Aurore ? Ramer laisserait entendre qu'il y avait un but, sauf que non, elle ne l'aimerait jamais. Elle lui avait même attribué la pire place qu'on puisse accorder à un garçon, celle de confident. Aveuglement et lucidité. Question de dosage. Ça pouvait durer longtemps. Le temps de crever à petit feu. Le temps de concocter les plus beaux plans pour les beaux yeux d'Aurore. Pour avoir le privilège de la voir.

En décembre, les parents de Diximus étaient souvent partis en week-end. Au début, nous n'étions qu'une petite dizaine à investir la maison. L'essentiel, c'était qu'elles soient là, Aurore et Charlotte, que rien et surtout pas un imprévu nous prive de leur présence. Nous dépensions une folle énergie à les convaincre. Oui, non, peut-être. Elles finissaient par venir. Elles étaient toujours venues. Charlotte y était pour beaucoup. C'était à moi qu'elle accordait leur ultime réponse. Je prenais ça comme un signe fort.

Ces soirées débutaient sur des bases rassurantes, l'idée simple étant de se retrouver, déconner ensemble, faire durer, loin du monde des adultes, hors champ. C'était bon enfant. On buvait une bière, on mangeait des pâtes, on jouait au Trivial Pursuit. Ça se terminait tôt, autour de la cheminée, à griller des chamallows. La première fois, vers minuit c'était déjà fini. Derniers rires. Air glacé. Lumières de lotissement. J'entends encore ronronner les voitures de nos parents. Je revois leurs silhouettes voûtées dans les habitacles. La buée s'échappe de nos bouches. Bises et claquements de portières.

Sans doute que ces joyeux rendez-vous auraient pu se prolonger au moins jusqu'au printemps si le nombre de leurs participants n'avait triplé en quelques semaines. En serions-nous pour autant demeurés les mêmes ? RDV chez Dixi. Les premiers Nokia tambourinaient la nouvelle, les récrés et les midi-deux se révélaient très efficaces. Dixi était réputé cool. Super cool. Comme d'habitude, les garçons affluaient par bandes et les filles se faisaient désirer.

La maison était devenue un couloir où circulaient des silhouettes de moins en moins familières. Ça commençait à se servir dans le frigo, squatter les chambres, explorer les caves. Ça fumait tout sauf des cigarettes. Dehors, des scooters pétaradaient. Ça parlait trop fort. La musique et les rires se propageaient par décharges dans les allées voisines. Je revois des ombres stationnées sous les lampadaires orangés. Je capte des musiques de ces années-là. Radiohead, Louise Attaque, Placebo. Les voisins avaient été patients, pas longtemps. Un samedi, l'un d'eux avait fini par appeler les flics. Un autre avait prévenu les parents de Diximus.

Plus tard, des rumeurs nous étaient revenues. Qui étaient ces *girls* en shorts et en rollers que certains prétendaient avoir vues slalomer sur le bitume du quartier ? Qui avait volé les sapins supposés décorer le quartier pour Noël ? Enfin, une mystérieuse fourgonnette avait, paraît-il, rôdé les soirs de fête et ce, bien sûr, jusque tard dans la nuit. J'aimais ces histoires mystérieuses et je me disais que d'autres que nous menaient peut-être une vie plus intéressante.

C'est à l'une de ces soirées que j'avais enfin pu me retrouver seul avec Charlotte. On était dans la cuisine. Au moins à sept ou huit. Un joint qui tournait, des phrases, des conneries, de la fumée. La sensation de partager un secret. Elle en face de moi. Putain, comme on se cherchait. Elle portait un petit haut ventre nu en décembre. Ou j'invente. Elle, la plutôt pudique. À moins que ce ne soit les bretelles noires de son soutien-gorge qui me rendaient fou. Charlotte. C'est le genre de moment où l'on ne doute plus de rien. On s'embrassait avec les yeux. Dans ma tête, j'ai ce polaroïd flou. Je me souviens l'avoir saisie par la main, l'avoir entraînée d'un coup. Susurré Viens on s'en fout. Senti son abandon. C'était drôle, si léger, c'était le vent du désir.

La cabane au fond du jardin. Les scories de cette première étreinte, les dents qui s'entrechoquent, les lèvres et les langues qui se cherchent, les mains qui ne savent pas quoi faire, tout ça, je ne sais plus. Ou je sais trop.

Sa bouche. Sa bouche, longtemps. Aimer son cou, sa peau, la humer. Effleurer son nombril. Ses seins. Revenir à l'étonnante finesse de ses cheveux, de nouveau son cou. De nouveau sa bouche. Se dire : voilà, c'est vrai, c'est là. Le tout dans les ténèbres. Au loin, les rires, la musique, ouatés par les épaisses planches de la cabane. C'est la première fois quand même. Je suis collé à elle.

M'emparer de ses hanches. De ses fesses. Être ce garçon devant sa première fille. Devenir fou.

Charlotte. Dans les jours qui ont suivi, j'ai su que je comptais pour elle, juste à sa manière de me parler, de poser sa main sur la mienne ou sur mon visage, de me sourire longtemps. De ma vie, je n'avais recueilli une telle attention et une telle tendresse. Quelque chose s'était produit, tout le monde le savait, nous étions un couple, ça se murmurait, peut-être qu'on faisait même envie. Pourtant, il subsisterait entre nous deux comme un voile invisible. Pas seulement celui qui sépare deux adolescents qui se découvrent. Non. Quelque chose de définitif. Mais je ne le savais pas encore. Cela tenait à des détails si minuscules que j'aurais du mal aujourd'hui à les restituer.

Et puis, on y reviendra sans cesse, il y avait son père.

Ce devait être la dernière soirée chez Diximus. Personne ne mesurait le bordel qui secouait la maison et ses abords. Tout le monde s'en balançait. Ça rôdait partout. Des mecs de je ne sais pas quel âge aux voix éraillées et qui sentaient fort la bière et la sueur. Un énorme chien noir errait mollement dans les couloirs. Des filles produisaient des rires incroyables. Diximus avait dû se calciner avant même notre arrivée. Il mélangeait n'importe quoi, il faisait des expériences. Du jus de carotte et de l'alcool à brûler. Dans le salon, le coucou de la Forêt Noire grelottait sans arrêt et ses petits personnages défilaient en boucle. Avec Charlotte, nous nous étions éclipsés tôt. Il y avait une chambre d'amis perchée dans les combles, sans chauffage mais avec d'énormes couettes. Il était à peine onze heures quand le ding-dong de la sonnette d'entrée a crevé le plafond sonore et produit comme une sorte d'arrêt sur image. On a pensé aux flics. C'était Wexler.

Wexler. Sa stature de vieux rocker. Sa tignasse.

L'adulte.

Le prof.

Il a exigé de voir Charlotte et Aurore. Tout de suite. Il y a eu un blanc, lourd comme un camion. Mais la fille qui a ouvert la porte était encore lucide et elle s'est aussitôt activée. On m'a raconté que certains s'étaient déjà planqués en pouffant sous la table de la salle à manger. D'autres étaient embusqués dans des recoins ou derrière des fauteuils. Aurore a surgi devant Wexler. Elle s'est empressée d'enfiler son petit blouson de cuir rouge, elle souriait, à croire qu'elle n'attendait que ça. Ou que c'était elle, sa fille.

Diximus avait disparu. On le retrouverait quasi dans le coma, contorsionné entre le congélateur et le sèche-linge. À son réveil, il prétendrait avoir cherché un tunnel.

C'était comme si on avait ôté la bande sonore du film dans la maison. Charlotte s'est figée tel un petit animal. Puis, ça a gratté à la porte. Charlotte, y'a ton père, grouille. Je me suis trouvé gonflé à suivre mon amoureuse dans les escaliers. Limite provoc. Je me revois vaguement, hirsute, en caleçon, torse nu. L'alcool me rendait invincible. Même pas peur. J'ai encore cette phrase : Tu t'en vas ? Wexler s'est retourné. Il a évalué ma silhouette à moitié dévêtue. Sans doute que la pitié lui a évité un commentaire assassin. J'ai dû brusquement mesurer l'épaisseur du silence autour de moi.

Charlotte a enfilé son sweat Gap. J'ai insisté : Tu pars vraiment ?

Elle ne s'est même pas retournée. La porte d'entrée est restée entrebâillée. Il faisait soudain froid.

Passé ces soirées-là, j'ai néanmoins le souvenir d'une période plus apaisée. Il s'était mis à beaucoup neiger. Ces gros flocons prometteurs nous mettaient en joie. Ils produisaient un tapis blanc et épais qui persisterait longtemps. Je conserve une poignée d'images précieuses. Aurore, Charlotte, Diximus et moi. Un samedi ou un dimanche après-midi. Comment nous nous sommes retrouvés tous les quatre en cet endroit ? Qui nous avait déposés au pied de cette colline ? Je ne sais plus.

Aurore nous immobilise face à toute cette blancheur qui envahit l'espace jusqu'à la forêt. Hé les gens, regardez comme c'est merveilleux. Oui, je suis sûr qu'elle a dit merveilleux. Le soleil apparaît par instants. Les filles sont plus que belles sous leur bonnet, les joues rosies par le froid, les yeux si lumineux. Il manque une photo de ce moment où nous ne pensons plus à rien. Nous quatre progressant en riant dans la neige et les sapins. Sans avant ni après. Immortels.

Comme sur une pochette de ces disques qu'on appelait autrefois des trente-trois-tours. Peut-être que nous aurions pu être une bande d'amis inséparables qui marche de front sur une musique pour surfeurs. J'ai pourtant en tête le silence que produit la neige ou plutôt la beauté des sons qui rebondissent si légèrement sur celle-ci. Les rires des filles, nos pas qui s'enfoncent dans le tapis blanc et impriment nos traces provisoires.

Nos sentiers familiers se sont effacés et peu à peu, nous nous sommes perdus dans la forêt. Nous jouions à nous faire peur. Nous, les garçons, nous poussions des hurlements de loups. Diximus portait une chapka trop grande avec une étoile rouge. Je le revois escalader l'échelle vermoulue d'un mirador de chasse. De là-haut, il a joué au trappeur et a visé avec un bâton un gibier imaginaire. Il gesticulait, il hurlait : J'ai tué un ours ! Il était l'histrion, le fou de sa reine qui ne l'aimerait jamais.

Nous avons mis un certain temps à retrouver notre chemin. Nous avons dévalé des pentes au milieu des sapins, dérapé, glissé en rigolant sur le sol tendre. Le froid n'existait plus et nous étions n'importe où. Et d'un coup, les arbres se sont éclaircis. Nous avons enfin découvert où nous nous trouvions. Très haut, assez loin sur une autre colline, dans un secteur que j'avais toujours envisagé comme inaccessible, en surplomb d'une propriété que nous connaissions bien. À cette distance et sous cet angle, la Villa avec son étang gelé ressemblait à l'une de ces miniatures sous globe qu'on agite pour y faire tomber une neige artificielle.

Amoureux sans futur, Diximus avait décollé du réel. Ses yeux d'enfant ressemblaient à des billes de verre trop brillantes et ses dents, à celles d'un vieillard. Il dégageait par moments une mauvaise haleine. Certains jours, je me demandais ce qu'il avait pu absorber. Ce devait être peu avant le dégel. La neige était grise et comme sale à certains endroits. Diximus n'était pas dans son état normal, je ne sais pas ce qu'il avait pris là, mais c'était puissant. On venait pourtant de sortir du lycée. Nous marchions dans la rue qui menait à l'église. Subitement, Dixi s'est allongé ou plutôt s'est affalé au bord du caniveau ruisselant. Alors, il a fait mine de sniffer le peu de blanc dans ce qui était en train de fondre sur le bitume.

Il dessinait Aurore dans ses classeurs. Il avait ce petit talent. C'était très juste avec presque rien. Il ne dessinait plus qu'elle. Le cadre et l'angle variaient selon les cours. Ce jour-là, en français, elle devait être de trois quarts dos. Plus délicate à saisir. J'ai jeté un œil sur l'esquisse de mon voisin. Aurore rassemblait ses cheveux dans ses deux mains. Son dos était exagérément cambré, son cou si nu. C'était un vendredi après-midi. J'écoutais Wexler sans l'écouter, je n'étais pas le seul. Ça parlait de Rousseau, Madame de Warens, etc. Et puis soudain, ça s'est arrêté de parler. Le temps qu'on réalise, Wexler était là, planté devant Diximus et son dessin. Pas un mot, juste une poignée de secondes qui aurait précédé un séisme. Un truc indicible. Brusquement, il a saisi le classeur et l'a lancé au-dessus des têtes. L'objet a claqué contre une cloison, un vrai coup de pistolet.

Lentement, notre professeur a reculé et considéré la classe. À croire que nous étions les complices d'une sale affaire. Il était très bon pour ce genre de prestation. Jouer sur le silence, déambuler sur l'estrade, prendre des airs. Et puis hop ! Faire tomber la pression. Mais nous ne l'avions jamais vu comme ça. Un tel coup de sang.

Pour la première fois, il avait déraillé.

Il était temps de desserrer le nœud coulant. Wexler a fini par amorcer un sourire, concédé un geste. On aurait dit un prêtre, avec ses bras qui embrassaient tout l'espace. S'il vous plaît, faites passer l'objet. Le silence était fendu, béant aux murmures. On a suivi le classeur jusqu'à son propriétaire, qui n'était pas du genre à en rajouter. Diximus avait le visage éteint. De nouveau, Wexler s'est assis sur le coin de son bureau. Il affichait toujours cet air d'ecclésiastique qui voulait bien comprendre, mais quand même.

Les amours de Rousseau, un vendredi après-midi, il me semble qu'il y a pire, non ? Vous voudriez quoi ? Que je vous raconte la bataille de l'Alamo ? Davy Crockett ? Vous connaissez ce haut fait, bien sûr ?

Bien sûr que non. Chacun, hilare, roulait des yeux, basculait sur sa chaise, se tournait dans tous les sens. Moi le premier. Même Diximus a redressé la tête. Qu'est-ce qu'il nous dit, là ?

Vous ne connaissez pas ? Notre professeur a laissé monter l'excitation puis l'a apaisée d'une main. Il savait qu'on adorait les histoires. Fort Alamo est une belle histoire.

La réception semble vide. Au moment de franchir le sas de sortie, je crois entendre un Bonjour. C'est bien la voix d'Ida, la lointaine douceur de son accent. Où est-elle ? J'ai beau me dévisser la tête, je ne distingue personne. Aussi je lâche un sonore Merci en sortant. Clic clac. Ma voiture se met à clignoter comme un sapin de Noël. La radio se déclenche toute seule et j'emboutis presque un lampadaire. Les boîtes de vitesse européennes, ce n'est pas mon fort. Je passe la main sur le pare-brise pour en effacer un semblant de buée. À cet instant, je crois la deviner dans le hall. Sa blondeur et sa robe vert menthe. Je prends la direction de la ville. De ce qu'elle est devenue.

Il est neuf heures précises. On me sert un espresso. Une tasse aussi minuscule que son contenu, j'ai du mal à la tenir. Monsieur et Madame Gallois me tutoient, c'est bizarre et rassurant. Je suis celui d'autrefois.

Passé un certain âge, les gens sont vieux. La mère d'Aurore avait été une assez belle femme, de celles qui servent de puits à fantasmes pour des garçons de quinze ans. Elle doit en avoir plus de soixante. Ses jambes nues sont tissées de varices. Son mari semble en retrait, assis sur un petit fauteuil, comme un témoin ou un personnage secondaire. Paul, voilà, son prénom vient de me revenir. J'avais oublié qu'Aurore était, selon nos critères de l'époque, une enfant de vieux.

Devant moi, sur la table chinoise, trois albums photos d'époque. Leurs couvertures de faux vieux grimoires, or, bronze, vermeil, je m'en souviens trop. Aurore, étiquetée, datée. Sa vie d'avant.

Avec cette tasse, j'ai la sensation de trembler comme un alcoolique. Il y a des napperons sur des guéridons, des coussins brodés, une collection de timbales en étain. Deux ventilateurs sur pied sont stockés à côté du piano.

Tu étais un si gentil garçon. On se disait qu'avec toi au moins, Aurore était en sécurité. Oui, bien sûr, on sait... Tu étais jeune. Vous étiez si jeunes, tous...

La mère m'a tendu l'un des albums. Je connais certaines de ces photos et je n'ai pas envie de les revoir, pas du tout. Plonger dans le passé et se pincer le nez en plongeant. Je marque des pauses, l'air absorbé. Hossegor. Le ski. Londres. Sans doute, un dernier repas de famille, la fille qui enlace son père, leurs sourires tendus vers l'objectif. Aurore était d'une beauté inouïe.

Le père s'est levé plusieurs fois pour régler la musique qui infuse en sourdine dans la pièce. Du jazz qui nous enveloppe comme un linge mouillé. J'ai toujours eu du mal avec le jazz.

Si tu l'avais vue quand on est allés la chercher à l'aéroport.

Marie...

Le père ne parvient pas à émettre un autre son, balbutie, ça vient de loin.

Voyons... Qu'est-ce que tu racontes, là ?

Il paraît encore se débattre dans son petit fauteuil. L'une de ses mains se crispe sur l'accoudoir. Je fais comme si je n'avais rien entendu et j'en profite pour reposer l'album.

Madame Gallois me demande des nouvelles de mes parents. Mes parents ?

Il faut se glisser dans les replis du vide et du jazz, attendre que d'autres mots suintent. Pour l'instant, il n'y a que le heurt des tasses et des soucoupes, et leurs respirations sonores, presque agaçantes.

Par une porte-fenêtre, j'entrevois une partie du jardin. Je ne me souvenais pas de cette maisonnette blanche posée au-delà des arbres. On dirait celle de Blanche-Neige.

C'est là qu'elle habite. Son petit nid. C'est mignon, n'est-ce pas ?

Madame Gallois émet un sourire incertain. Le père ne cesse de déglutir. Il porte des mocassins au cuir trop brillant. Ils scintillent par instants dans la lumière. Un portable vibre sur la table. La mère regarde le père qui regarde la mère. C'est le tien ? Mais non, Doudou, c'est le tien.

Le père saisit l'un des appareils et quitte la pièce. La mère paraît indécise puis me sourit encore. Je fais de même avant que mon regard glisse de nouveau sur ses varices. Fondu au noir. Un temps.

Et ton travail ? Ça marche bien ?

Je marmonne Tout va bien, merci.

Un jour, j'avais été convié ici pour une sorte d'apéritif pour adolescents. On devait être en Troisième. Un petit événement de notre âge. On s'était goinfrés de canapés au roquefort et de petits salés en forme de poisson.

Derrière la porte vitrée du hall, la voix du père émet comme un bourdonnement sans qu'on saisisse le moindre mot. Je me lance.

Il y a des problèmes avec Aurore ?

Non... enfin si... Mais... elle est dans une maison. Disons... une maison de repos.

Elle ne peut s'empêcher de pousser un énorme soupir, comme soulagée de livrer cette information. Elle prend un stylo et note un numéro sur un post-it. Air de conspiratrice. Tiens, appelle-moi. Je fourre le papier dans ma poche comme si elle venait de me confier un code secret.

À son retour, le père va s'asseoir sur le tabouret du piano. Il ne décroche plus un mot. Nous non plus. Sa femme mendie son regard, sans succès.

Un chat. L'animal traverse la pièce au ralenti, comme insensible à notre présence, et disparaît en direction du hall. C'est Michel, roucoule Madame Gallois. Son mari frémit sur son tabouret, chantonnant à son tour un petit Michel. Il est temps que je m'en aille.

Pas de lanternes à franges ni de dragons, du sobre. Murs blancs et nus, mobilier pseudo colonial. Un beau faux bananier. Un meuble en laque vermillon. Le Gong est un restaurant asiatique plutôt soft. Laotien, précise mon père d'un air mi-docte mi-complice. Tu es allé au Laos, non ? Il se tourne vers Louise, il est allé partout. Non je ne suis pas allé au Laos.

Je n'ai jamais vu mon père aussi enjoué et à l'écoute. Ou ça n'adhère plus à ma mémoire. Comme au tennis, ses yeux vont de l'un à l'autre. Elle et lui se cherchent aussi. C'est assez touchant. Louise a quelque chose de doux et de tranquille dans sa personne.

Je me demande comment on fait pour tomber amoureux de quelqu'un à leur âge. Deux corps présentables, mais pour encore combien de temps ? Deux corps qui font semblant d'avoir vingt ans. Leurs mains se joignent sous la table. Ils se font des bisous et moi, je fais mine de me concentrer sur mon portable.

Louise travaille dans le médical. C'est comme ça qu'ils se sont connus. J'opine, je ne cherche pas à en savoir plus, à établir le rapport. D'ailleurs mon père enchaîne. Et toi ? Moi ? Oui, tu vas faire quoi là ? Tu as déjà un nouveau job ?

En fait... En fait, je crois que je ne vais pas vraiment chercher de... job comme tu dis.

Ah bon ?

Légère vapeur de silence. Louise me sourit puis se tourne vers mon père. Elle le connaît bien. Je devine les mains qui se soudent. La serveuse survient avec des verres pleins de couleurs. Cocktails maison. Offerts ! Son sourire, sa tête qui s'incline, sa silhouette qui s'efface.

Et toi ?

Moi ? Mon père adopte un air limite offensé. Inspire, expire. Jette un œil à Louise, ailleurs, semble prendre à témoin un interlocuteur imaginaire. Et derechef m'admoneste.

Enfin... Directeur des ventes... Tu sais bien...

Je ne sais pas ce qu'il vend. J'ai dû oublier.

Il faut ab-so-lu-ment prendre du riz gluant ! N'est-ce pas, chérie ?

Laisse ton fils choisir ce qu'il veut. Il n'a plus quinze ans.

Louise assouplit tout. Non, je n'ai plus quinze ans. J'opte quand même pour ce riz gluant et du poulet au curry. Voilà que mon père et sa compagne ont un conciliabule. Comme c'est touchant de voir avec quel sérieux ils finissent par élire un plat commun.

Le restaurant s'est rempli sans qu'on s'en aperçoive. Une tablée voisine produit un volume sonore impressionnant. On est vendredi.

J'ai du mal à retisser le fil de la conversation. Nous avons absorbé à petites gorgées nos cocktails au goût de bonbon et mon père a commandé du côtes-du-rhône. Il lui faut brasser de l'air et des mots, doser, à la fois pour Louise, à la fois pour moi. Que chacun y trouve son compte. Il y a de l'anecdote locale, des parenthèses, de tout petits silences. Tu vois à peu près ? Louise semble voir, moi pas toujours. Mon père patine parfois. Ses efforts m'attendrissent.

Une télé murale diffuse des clips de filles en minijupes à paillettes. La variété asiatique produit ce genre de fiction, on ne sait plus très bien où l'on est. Les gens rient beaucoup à la table d'à côté. Enfin certains. D'autres sont déjà sortis fumer une cigarette. Tel un écran embué, la grande baie restitue leurs silhouettes. Des collègues. Ceux du dehors semblent plus seuls, plus fragiles.

Mon père revient des toilettes, l'air soudain impatient. C'est en se laissant tomber sur sa chaise qu'il me lance sa question.

Tu as su pour Oswald ?

Oswald ? Ce prénom effectue un looping dans mon cerveau. Avant de me revenir.

On a retrouvé ses restes ça fait... disons une dizaine de jours.

Bien sûr que non, je ne sais pas. Mon portable vient de vibrer dans ma poche. Rester concentré. Qu'est-ce qu'il me raconte, là ?

Enfin, ses restes... Façon de parler. On a retrouvé son crâne... Et il paraît sa casquette ! Enfin bon... ça...

Le garde-forestier avait, je crois, disparu quelques mois avant le tournage. Totalement disparu. Pas le moindre indice, rien. On avait organisé des battues. Des spéléologues avaient exploré l'unique grotte du coin. L'étang des Wexler avait naturellement été sondé. On évoquait la présence d'une meute de loups, d'un ours. Les gens déliraient, on finissait par dire n'importe quoi, c'était les Russes ou, inévitablement, les Arabes.

Oswald était ce cliché de vieux garçon farouche et suisse qui passe sa vie dans les bois. Quand il lui arrivait de parler, son accent, même par ici, signait son origine. Que savait-on de lui ? Tel Kaspar Hauser, Oswald – quel prénom – semblait être arrivé de nulle part et avoir disparu de la même manière. Les recherches s'étaient vite achevées.

Me voilà assis à l'arrière de la voiture de mon père. On revisite la ville. La nouvelle médiathèque. Chez Lulu, le bar, c'est une psychologue qui l'a racheté. La gare, t'as vu comme elle a changé ? Un fast-food hallal. Non mais hallal ! Charvet, le boulanger, tu te rappelles ? Tu sais comment il est mort ? Il s'est étouffé en bouffant de la tête de veau. Ça ne s'invente pas, ça...

Toi aussi, t'es sur ton écran toute la journée ? Mon père a emprunté la route de Mouraz. Comme au bon vieux temps. Un vent pénible bat le sommet. Les arbustes se tordent, grincent et se courbent. Sur les pentes, l'herbe coupée décolle puis rebondit par molles poignées.

Mon père prend Louise par la main puis se tourne vers moi, un peu solennel. La ville de ton enfance. Ça te rappelle des choses, non ? À vrai dire, j'ai beau me concentrer, ça ne prend pas. La ville forme comme une masse compacte où se dressent par endroits des formes inconnues. Je suis myope aux détails. Le vent me transperce. J'éternue.

Ils se tiennent toujours la main. Mon père lui désigne quelque chose au loin. On dirait un personnage de Jules Verne, le doigt pointé sur l'horizon. Sa voix est douce et en même temps si mûre. Je me sens comme leur enfant.

J'essaie de distinguer mon hôtel au fond du paysage. La rumeur de l'autoroute pointe par bouffées sonores. J'ai envie de rentrer.

Rentrer, mais pour quoi faire ? J'ai regardé s'éloigner la voiture de mon père, lui agitant la main par la portière, Louise m'adressant encore un dernier coucou. J'ai tourné un moment dans la ville, sans réfléchir, empruntant des rues au hasard, me retrouvant au même carrefour. Peut-être une façon de me défaire de ma peau de petit garçon. Celui qui est toujours assis à l'arrière.

Je viens de me garer devant le lycée Saint-Antoine. La cour qui jouxtait autrefois le parc de la Mairie est désormais envahie par une immense structure de verre. Un gymnase. À cette heure, on y distingue des basketteuses à l'entraînement. J'abaisse la vitre avant. J'aimerais capter la rumeur de leurs mouvements, des cris, le couinement de leurs chaussures sur le sol, mais non, rien. Des filles dans une serre. J'essaie un instant de gommer ce bâtiment. Revoir la cour et le petit stade d'athlétisme. L'image scintille et s'évanouit dans la seconde.

Je m'extrais de la voiture, juste pour envisager l'espace autour de moi. Ce parking, ces magasins. Ce qui était, ce qui n'est plus. American Dreamer. L'enseigne or impressionne. La taille de l'établissement aussi. Des silhouettes juvéniles entrent, sortent. Ça grouille à l'intérieur. On aurait aimé avoir une espèce de fast-food comme celui-ci. À l'époque, il n'y avait rien, si ce n'est un bar « pour jeunes », où l'on pouvait croquer des parts de pizzas en buvant des monacos. Ce n'est pourtant pas si vieux. Cet endroit s'appelait La Bulle. Drôle que ce nom remonte aussi vite en moi. Le patron était toujours en pantoufles et ses yeux glissaient sur nos visages comme si nous n'existions pas.

Sur un banc, deux vieux semblent également captivés par les basketteuses. L'air est vide, comme délesté de la rumeur automobile et de la vie des gens. Cela tient à l'heure peut-être. Assis sur le trottoir d'en face, le dos contre la vitrine d'une boulangerie qui ne me dit rien, un homme jeune semble endormi. Le corps penché, comme oblique, une main d'où s'échappe la fumée d'une cigarette, l'autre main en suspens, tendue vers la bonté d'autrui.

Je rejoins ma voiture et j'envoie un texto. Ça ne traîne pas, la mère d'Aurore me répond dans la minute. Je lui donne le temps de sortir dans son jardin, j'ouvre mon carnet Moleskine et je l'appelle. Sa respiration est sonore. Elle doit marcher. Parfois la rumeur du vent dans les arbres s'insinue dans l'appareil.

Tu sais, on en a bavé toutes ces années...

La première fois, Aurore n'avait disparu que quelques jours. Je me souviens de son retour. La police, les parents, le lycée, personne n'avait voulu en rajouter. On était mi-juillet. Les frontières étaient encore des passoires, les aéroports aussi. Je n'ai revu Aurore qu'une seule fois. Elle était allongée dans son lit, dans la pénombre. Les yeux lointains, la voix molle. Sa chambre, ses ours polaires en peluche. Elle souriait pour rien. J'étais assis sur un pouf instable. Sa mère m'avait apporté une citronnade. La porte était restée entre-bâillée. J'avais fini par demander à Aurore des nouvelles de Charlotte. Elle avait fermé les yeux. Les avait même crispés, comme accablée par ma question. Derrière les volets, on entendait le tourniquet de l'arroseur automatique.

La version officielle, c'est qu'Aurore avait disparu seule. Une fugue, voilà, vous avez tout compris, c'était une simple fugue. Il faut juste qu'elle se repose. Elle était très vite partie en voyage avec ses parents et à la rentrée, ces derniers l'avaient inscrite dans une institution lyonnaise.

La voix de Madame Gallois tremble au téléphone. Je m'escrime avec mon carnet et mon stylo.

Elle n'a jamais passé son bac. Elle en a fait, des maisons de repos... des cliniques... Tu peux pas savoir...

Moi, j'étais en Terminale. J'avais cessé d'attendre des nouvelles de Charlotte. Aussi bizarre que cela puisse paraître, je n'avais pas une seule photo d'elle. On aurait dit qu'à cette époque, il n'y avait que les parents pour nous tirer le portrait. Personne ne parlait plus de l'affaire Wexler, même plus nous. Certains jours, ça remontait d'un coup. Un geyser de tristesse. Diximus était là, on se détruisait un soir et ça repartait. Mon copain était devenu le dealer du lycée. Ses yeux étaient de plus en plus luisants ou vitreux, ça variait. En cours, il assurait un minimum : sa mémoire le sauvait de la déroute scolaire. Parfois, on nous approchait comme des vétérans d'une ancienne guerre. Qu'est-ce qu'on avait bien pu raconter sur nous ? Sur le tournage ? Sur les Wexler ? Les filles étaient les plus prudentes. La légende vénéneuse continuait de s'évaporer du bocal, lentement mais sûrement.

À l'époque, Bichel a bien calmé l'affaire.

Bichel. Ce nom me dit quelque chose.

Tu te souviens de lui ? Le procureur. On lui doit tout... Il est mort d'un cancer l'année dernière. Le pauvre homme...

Je fais mine de ne pas relever. Juste me recaler dans le calendrier de ces jours indécis. Mes parents ne se disputaient plus, c'était pire. J'étais celui par lequel les messages transitaient. Nous ne partagions plus de repas, sauf en de rares occasions où mes géniteurs finissaient par s'accorder dans un but louable : tenter de m'épargner. C'était encore plus terrible. Nous échangions toutes sortes de banalités et dans de tels moments, mon avenir revenait souvent comme le seul horizon fédérateur. Mon avenir ou mon passé. Ou l'ancien enfant dont ils ne voulaient surtout pas faire le deuil. Mais tout se délitait tristement. La plupart du temps, je mangeais seul. Mon père et ma mère s'arrangeaient pour quitter la maison à tour de rôle. L'un ou l'autre me préparait un plat et me regardait manger. Ils fumaient de plus en plus, souvent dans la cuisine, où l'odeur de tabac froid paraissait incrustée dans l'air.

Tu es toujours là ?

La voix de Madame Gallois me ramène au présent.

Aurore a disparu de nouveau, peu après ses dix-huit ans.

Ça, je ne savais pas. Je fais comme si.

On a su qu'elle avait déposé une demande de passeport le jour de son anniversaire.

Mon interlocutrice enchaîne. Sa respiration est de plus en plus sonore et je tends l'oreille pour suivre.

Bichel a tenté de nous aider... Sauf qu'Aurore n'était plus mineure... Des semaines ont passé. Nous avons fini par recevoir une petite lettre postée de je ne sais où. De Syrie, je crois, un pays bizarre dans ce genre. En tout cas, c'était bien elle, son écriture, sa jolie manière d'écrire. Elle disait qu'elle allait bien, qu'il ne fallait pas s'inquiéter...

Sa voix paraît s'éloigner. Je ne capte plus certains mots. Le vent s'engouffre dans l'appareil. On dirait que mon interlocutrice s'attendrit sur quelque chose. Viens, mon petit. Monte sur Maman. J'entends miauler Michel.

Les câlins durent. Le chat, le vent, les roucoulements. Michel… Ce doit être lourd à porter, ce nom, pour cet animal. Je suis sur le point de raccrocher quand Madame Gallois revient à moi, comme si de rien n'était.

Aurore n'a plus donné le moindre signe de vie pendant… Je sais plus… Toutes ces années… Comme si elle était morte, tu vois… Tu imagines pour des parents ?

Je voudrais compatir mais je ne trouve pas les mots. J'essaie de compter les années, en vain.

Et un matin, c'était il y a cinq ans à peu près, elle a appelé. Elle était à Francfort.

Depuis combien de temps suis-je assis dans ma voiture ? Combien de pages ai-je noircies dans mon carnet ? Mon écriture ressemble à celle d'un demeuré. Une sorte d'encéphalogramme. Il va falloir me relire. Je regarde autour de moi comme un poisson qui prendrait conscience de son bocal. La lumière a varié. Il est 16 h 43 au tableau de bord. Je mets le contact et je démarre.

Je stoppe au Pam Pam Market, supermarché de proximité dont j'aimerais savoir ce qui en a inspiré le nom. Deux très très vieilles dames précédées d'un caddy en mode déambulateur semblent achever leur circuit. Je les laisse accéder à la caisse. Elles ont du mal à déposer leurs achats sur le tapis roulant. Je vois bien qu'elles n'y arrivent pas. Je fais mon bon garçon. Les croquettes pour le chat. La purée Moussline. Le Paic citron. Et l'on finit par deux packs de Corona.

Le caissier du Pam Pam porte un t-shirt anthracite, usé au cou, avec la mention *Interdit de me faire chier*. Je guette les regards des autres clients derrière moi, mais non, rien. Jonathan – son badge – est par ailleurs très convivial avec les vieilles dames. Il m'adresse également un large sourire, visiblement relatif à mes achats. Bombay Sapphire, Schweppes et chips. Il me souhaite une « formidable soirée ». J'en oublie de demander d'où provient ce nom, Pam Pam. Dehors, le temps a brusquement changé. Ciel gris plomb et rafales de vent. Les vieilles dames progressent lentement, comme arrimées à leur caddy. Le vent redouble et ça les fait rire.

Mon Bonsoir fait sursauter Ida. Elle rougit, brandissant son smartphone.

Famille... Loin...

Elle en perd son français. Je la laisse aux siens et transfère discrètement mes courses jusqu'à ma chambre. Le ciel est de plus en plus sombre. Je jette un œil en bas. Le scooter rouge d'Ida. J'aimerais bien la voir piloter son deux-roues. La voir traverser le paysage.

Je me prépare un gin-tonic. Manque de la glace quand même. Je m'amuse d'être en caleçon à cette heure. Devant mon petit carnet Moleskine et mon écran. Soudain, un coup de vent secoue les vitres et une lourde pluie s'abat. Je retourne à la fenêtre et l'entrouvre. Les lourdes gouttes, leur force et leur bruit m'hypnotisent aussitôt. Je pourrais rester longtemps à les regarder tomber sur le bitume du parking. Un homme claudique en tirant des poubelles vers la route. Je l'ai déjà croisé en bas, il a un pied bot. Le voilà qui revient sans hâte, comme indifférent à l'averse. Ses yeux remontent même dans ma direction. On se regarde. La pluie redouble.

Bon. Aurore à Francfort. J'y reviens.

Venez me chercher, avait-elle supplié au téléphone. Son père avait sauté dans le premier vol. Il avait mis longtemps à la retrouver dans cet aéroport sans fin. Elle était endormie sur une rangée de sièges au bout d'un terminal. Aurore avait peiné à émerger. On était en février, elle était vêtue d'un short et d'un débardeur. Elle n'avait même pas de bagage. Aurore souriait puis ne souriait plus. D'où arrivait-elle ? Elle avait prétendu ne plus savoir.

Laisse-moi encore dormir, papa.

Avion retour. Leur petite était de nouveau à la maison, leur bébé. Pendant quelque temps, c'est comme s'il ne s'était rien passé. Aurore aurait pu les avoir quittés la veille. À tel point que ses parents n'avaient sollicité ni médecin ni psychologue. Ils ne cherchaient même plus à savoir le pourquoi du comment.

Je viens de faire le compte. Aurore a disparu pendant douze ou treize ans.

Et ils avaient fait comme si…

Aurore avait l'air tellement bien. Prête à vivre… enfin ! Elle a passé son permis de conduire. Nous lui avons acheté une petite voiture. C'était au printemps. Elle parlait de reprendre ses études à la rentrée.

En me racontant ça, la voix de Madame Gallois s'est de nouveau précipitée. Elle semblait revivre ces anciennes journées en accéléré.

Nous étions un peu, disons… inconscients… On croyait… C'était notre bébé. Bon, c'est vrai qu'elle ne voyait personne. Le matin, je lui montais son petit-déjeuner. Ses toasts, sa confiture d'abricot, son jus d'orange Elle ne faisait pas grand-chose de ses journées Un footing en fin d'après-midi. Nous non plus, on ne fréquentait plus beaucoup de monde. Nous avions tellement peur de la laisser seule. On ne voyait pas plus loin.

Aurore a commencé à boire. Nous, on a toujours eu nos rituels avec mon mari. Un apéritif avant le dîner. Ça enjolive la vie quand même. Elle qui autrefois ne prenait jamais rien, elle s'est mise à nous accompagner. Plus que ça d'ailleurs. Nous n'avons rien vu venir. C'était l'été.

En quinze jours, elle était à moitié saoule tous les soirs. On ne la voyait pas avaler des verres en douce. Ou on ne voulait pas le voir. Elle ne faisait plus de footing, plus rien. Elle dormait l'après-midi. J'ai trouvé des bouteilles vides un peu partout. Elle les volait dans notre cave.

Nous pensions que ça passerait, quand elle se trouverait une occupation. Ça devenait vraiment difficile. Paul travaillait, moi je sortais pour les courses, tout ça. Parfois, quand je rentrais, elle n'était plus là. Elle me prenait de l'argent dans mon sac. Elle téléphonait d'un café. Elle pleurait. Venez me chercher. Je réglais la note. On me disait qu'elle avait bu huit, dix portos. C'était plus possible.

Je déchiffre mon carnet et couche mes phrases sur mon écran. Le gin-tonic m'aide à retrouver les vrais mots de tout à l'heure. Je me lève et ouvre de nouveau la fenêtre. Une odeur de terre mouillée flotte dans l'air. J'adore ça. Le parking, l'autoroute, le ciel de nouveau dégagé. Traces d'avions, certaines encore rectilignes d'autres en train de s'effilocher en cotonnades. J'entends du bruit dans le couloir, sans doute face à ma chambre. Un couple. L'homme paraît éprouver des difficultés pour ouvrir la porte. La femme a une sorte de rire qui grésille. Alors chéri, tu trouves pas la fente ? Cliquetis, comme un grand courant d'air, et plus rien. La vie des gens.

J'avale une nouvelle gorgée, l'alcool se propage. En dessous, une nouvelle voiture se gare. Un homme seul en descend. Chemise, cravate. Il récupère sa veste à l'arrière de son break. Extirpe du coffre une petite valise à roulettes et une sacoche d'ordinateur. Gestes efficaces, certitude. L'homme verrouille son véhicule une première fois, s'en éloigne, se retourne et renouvelle son geste. La Volvo vibre dans le crépuscule.

Aurore est partie en désintox. Une première fois. Elle est revenue. A replongé. Est repartie. Ça n'arrêterait plus. Il y a eu parfois du mieux, des périodes d'apaisement.

Elle a trouvé un poste de secrétaire médicale. Le toubib paraissait l'apprécier. Un beau monsieur, célibataire, vraiment bien... Et puis un jour, elle n'est plus allée au travail. On l'a retrouvée à moitié inconsciente sur le parking du Méphisto. Une boîte de nuit, et pas la plus sélecte. C'était reparti. Drogue, cette fois. Surtout de la cocaïne... Enfin, c'est ce qu'on nous a dit. La poudre... Comme elle nous a menés en bateau... À nous persuader qu'elle avait besoin d'argent, pour ci, pour ça. Elle dépensait tout dans cette merde.

Si tu savais le nombre de médecins qu'on a vus. Toutes les cliniques où elle a séjourné. Elle s'est enfuie, plusieurs fois. Je me souviens d'un hiver où des gendarmes l'ont retrouvée dans la campagne. Elle marchait pieds nus dans la neige. Tu te rends compte ?

Bien sûr, elle a eu des histoires dans ces établissements... Elle est tombée amoureuse, un homme qui avait au moins trente ans de plus qu'elle. Encore... Enfin, tu vois ce que je veux dire... Un alcoolique. Ils ont vécu ensemble quelques mois.

Je reprends un autre gin-tonic. Je ralentis mes gestes, réduis mes gorgées. L'alcool est animal, électrique et galope vers la lumière. J'aimerais voir Ida. Lui proposer quelque chose. Un restaurant, une promenade. Je souris à mon reflet dans la vitre, sans illusion. Il n'y a qu'au cinéma qu'on voit se nouer de telles rencontres, non ? Je ferme les yeux une seconde. Le gin boucle son circuit et me ramène à mon écran.

À un moment, j'ai senti que la mère d'Aurore était sur le point de raccrocher. Sa voix était devenue monocorde, comme si elle débitait un texte qu'elle avait déjà trop récité. Il y a eu des froissements, des bruits sourds. Je me suis demandé si elle n'avait pas fourré son smartphone dans sa poche. Finalement, elle a repris.

Ça a duré comme ça jusqu'à l'année dernière. Des hauts, des bas. Tu as vu, nous lui avons installé un petit chez elle au fond de la propriété. Elle l'appelait sa chaumière Parfois, on ne la voyait pas pendant un jour ou deux. On s'envoyait des messages. Elle dormait, elle regardait la télé. Elle buvait toujours, peut-être un peu moins. Enfin, façon de parler...

Une sirène d'ambulance s'est insinuée en fond sonore.

Tu entends ?

On aurait dit qu'elle me prenait à témoin. Mais de quoi ?

Bref... On finit par ne plus réagir. Tant qu'Aurore était dans sa chaumière... Sauf qu'un jour, elle a failli se jeter du haut de la Tourmaline. L'immeuble était encore en construction. Des maçons étaient sur le toit à ce moment-là. Un vrai miracle.

Je n'aime pas mon écriture. Mes lettres froissées comme du gazon mal tondu. Coucher les détails dans mon carnet m'aura pourtant bien servi. Cela m'aide maintenant à avancer, à lier sur mon écran ce qui ne l'est pas encore. J'avance par petits bonds, sans savoir vraiment ce que je suis en train d'entreprendre. Pour le moment, le gin fait tourner mon cerveau au bon voltage.

Pour la première fois, je viens d'entendre le moteur du scooter. Je me presse à la fenêtre, reviens en arrière, saisis mon iPhone, cadre et presse sur vidéo. Mes yeux hésitent, regarder ou filmer. Elle troque ses chaussures à talons pour des sandales, coiffe lentement son casque et prend place sur son engin. J'aime la précision de ses gestes, son port de tête, ses cheveux, qu'elle a pris soin de rassembler. Elle manœuvre, s'immobilise une dernière fois et démarre. Tout est si fluide.

Je m'assieds fébrile à mon petit bureau, connecte mon téléphone à mon ordinateur et transfère la vidéo. Sur l'écran, la qualité des images est médiocre. Je me repasse le petit film plusieurs fois. Opère des captures d'écran. Tente de les agrandir. En vain. Ida n'est que pixels.

De la fin de l'hiver jusqu'au tournage du film, je ne saurais détacher de faits marquants. Lycée, week-end, petites vacances, ce début de printemps formait une pâte que je m'efforçais de modeler. Je croyais agir. Or, c'était comme si j'avais marché au-dessus d'une vie souterraine qui m'aurait entièrement échappé. Mon unique préoccupation quotidienne, à l'époque, c'était de revoir Charlotte. Cet objectif atteint, je me coulais dans sa vie et souvent dans celle de sa famille. Des images auraient dû faire sens, mais non.

Wexler devant son énième mug de café. Ces *country songs* qui se répandent sans fin dans la maison et qu'il fredonne comme des comptines.

L'accent de Madame Wexler. Ses fautes de syntaxe. Ses cigarettes Laredo.

Ce jour où Cheyenne hurle si fort au téléphone que je me penche depuis l'étage. À part les *Shit* et les *Fuck*, je ne comprends rien à cet américain de racaille. Elle gesticule sur la terrasse comme dans un film. Elle porte son éternel t-shirt au message prémonitoire : *Grace period is over*.

Aurore. Je pourrais dire que je n'ai rien vu venir. Avant les préparatifs du fameux film, sa vie disons socio-familiale n'avait pas connu de changements. C'était une fille qui aimait ses vieux parents et s'entendait parfaitement avec eux. Mises à part ces quelques soirées agitées durant l'hiver, les choses avaient vite repris une tournure plus conventionnelle. Vacances aux sports d'hiver et séjour à Londres pour Pâques. La photo d'Aurore posant devant le Tower Bridge n'a d'ailleurs pas bougé de la commode, j'ai pu le constater.

Certes, Aurore passait du temps chez les Wexler. Mais pour y faire ses devoirs ou se balader dans les bois avec Charlotte. Je ne crois pas qu'il ait pu se produire quelque chose de déterminant. J'en suis même certain. Cela tenait à la relation même qu'entretenaient les deux amies. Une complicité que je qualifierais de *normale*. Je me souviens d'un mercredi après-midi où j'étais arrivé à l'improviste. Avant même de frapper à la porte de Charlotte, j'avais perçu leurs rires à toutes les deux. Poussé par une curiosité malicieuse, je m'étais abaissé face au trou de la serrure. Le silence s'était brusquement imposé et je n'avais plus osé bouger. Les deux filles étaient assises côte à côte sur le lit et coiffaient chacune leur poupée. Ce qui était touchant, c'était leur concentration, le soin avec lequel elles démêlaient les chevelures de leurs anciennes Barbie. Aurore avait aussi apporté sa collection personnelle et cette activité enfantine les occuperait quelque temps.

C'est donc au lycée, principalement en classe, que l'envoûtement d'Aurore avait dû s'opérer. D'invisibles fils se tissaient, des ondes devaient se propager, des regards se chercher. Là encore, nous aurions dû capter des signaux, saisir des étincelles, sauf que non. Pour une raison toute simple. Nous étions si jeunes et avions une vision encore très élémentaire de la nature humaine. *Vous êtes très belle, mademoiselle.* Bien sûr, il y avait eu cette phrase du premier jour, mais tout le monde l'avait déjà rangée dans sa mémoire, au rayon du prof fantasque. Depuis, il nous avait noyés sous d'autres phrases si étonnantes que certains les notaient sur un coin de leur classeur.

Je n'ai pas souvenir en classe d'un véritable échange entre Aurore et Wexler. Pourtant, ce dernier ne se dispensait jamais d'aller au contact. Pour nous tirer hors de nous-mêmes, comme il le prétendait. J'en faisais régulièrement les frais. Sans doute le prix à payer pour mériter une relation privilégiée avec sa fille. Histoire de remettre à bonne distance le petit soupirant. La classe était sa scène, dont il mesurait et respectait plus ou moins les limites. Le tournage du film a dû faire sauter les digues. Wexler s'est pris pour Orson Welles.

Vers la fin de l'hiver, nous avions visionné en classe *Sa Majesté des mouches* et *Les Chasses du comte Zaroff*. De quoi, selon lui, nous inspirer pour l'écriture d'un scénario. Ces deux œuvres en noir et blanc réalisées il y a si longtemps avaient plongé certains d'entre nous dans la perplexité. Nous étions pourtant des éponges prêtes à tout absorber, et l'idée de « faire un film » nous excitait au plus haut point. On ne savait pas très bien ce qu'il attendait de nous. Il nous avait laissé travailler par petits groupes durant une ou deux séances. M'sieu, c'est dur ! Pour nous maintenir dans ce qu'il nommait un « climat », le téléviseur continuait de diffuser les deux films en boucle. J'entends encore résonner la musique mélodramatique de *Zaroff*. Wexler passait d'une table à l'autre, jetait un œil sur nos notes ou nous écoutait converser. La plupart du temps, il restait assis sur un coin de son bureau. Son regard paraissait dériver. C'était l'époque où nous l'admirions. Comme Charlotte finirait par me l'avouer, il avait déjà achevé le script durant l'hiver. Inutile de préciser qu'il ne retiendrait aucune de nos suggestions.

À la suite d'une tempête, des filles échouent sur une île. Elles sont aussitôt capturées par de jeunes délinquants échappés d'on ne sait où. Des renforts de police ne vont pas tarder à débarquer. La bande s'enfuit dans la forêt. D'abord, les captives tentent d'échapper à leurs ravisseurs. On frise le drame, ces jeunes filles sont fragiles, vous savez, c'est dur, mais bon... Une complicité s'installe. Le cœur du récit, comme Wexler le signifiait d'une voix émue, c'est ce moment de grâce, oui, de grâce, j'insiste, ce moment où les garçons sauvages et les demoiselles de pensionnat finissent par s'unir. Garçons sauvages, demoiselles de pensionnat. Je n'ai pas pu inventer ces expressions. Quant à la toute fin, Wexler n'avait pas d'idée précise. Je compte sur vous.

Vingt ans après, j'avoue que j'ai mis un moment à reconstituer cet invraisemblable scénario. J'ai encore plus de mal à revivre notre réaction. Mélange d'incrédulité et d'excitation ? Des questions naïves ou pratiques avaient certainement fusé. Y'a pas Zaroff ? Et les cochons et les mouches ? Et d'abord, pourquoi c'est les garçons, les sauvages ? Sauvages comment ? À poil et tout ? Perché sur le coin de son bureau, Wexler affichait un sourire de bonze. Il avait laissé monter le délire avant de nous ramener à l'altitude qu'il souhaitait. Entre sa fiction et notre réalité.

Pour tenir la caméra, Wexler avait pressenti Erwan. Outre que je trouvais les prénoms bretons plutôt moyens, j'avais d'autres raisons d'être agacé par ce choix. Ce mec que tout le monde disait cool, avec ses boucles d'angelot et ses pulls de berger, ce mec avait des regards trop baladeurs. Je le soupçonnais d'en pincer pour Charlotte. Le Nikon en bandoulière, il traînait cet air moitié artiste, moitié reporter auquel les filles ne sont pas insensibles. Sa fonction de cadreur « sur le film » lui conférait soudain un statut noble et une proximité inespérée avec Charlotte ou au moins son père. Le pire, c'est qu'Erwan était plutôt sympathique. J'étais simplement jaloux. Moi aussi, j'aurais voulu filmer.

On va tourner ça où, M'sieu ? Wexler avait posé l'index sur sa tempe, comme pour presser un bouton. La rivière et ses abords, l'immense forêt qui entourait la ville, nous avions, d'après lui, des « ersatz d'île et de jungle ». Quant à la « sauvagerie », il nous faisait confiance... Les jeunes filles de pensionnat, nous en possédons aussi de merveilleux spécimens...

Les repérages ont eu lieu pendant les vacances de Pâques. C'est dans ces jours-là que suintent l'inquiétude, puis les premiers tourments. C'est là que ma vie prend un virage décisif. J'aurais aimé qu'il n'y ait pas de virage. Que tout soit vague, plus ou moins droit comme chez les gens dits normaux. Or, je mesure désormais combien ces mois tumultueux ont été déterminants. J'aurais aimé posséder cette lucidité à l'époque. À la différence que j'étais embarqué dans un manège qui ne cessait de tourner. Si au moins j'avais pu me poser quelque part.

À la maison, les choses empiraient. Mes parents parvenaient à s'éviter, à se taire quand ils se croisaient et puis d'un coup, ça explosait. Ma mère brisait des assiettes ou des verres, mon père finissait dans sa plus grande violence par renverser une chaise. Je fuyais aussitôt, je reprenais mon vélo, quitte à pédaler n'importe où dans la campagne.

J'ignore ce qui s'est produit durant les repérages. Le plus douloureux pour moi, c'était que Charlotte avait accepté de m'exclure plusieurs jours de sa vie, et ce pour satisfaire aux exigences de son père. Quels mots avait su trouver Wexler pour légitimer ce trio ? Comment m'avait-il neutralisé ? Mon amoureuse paraissait toujours aussi tendre. Je la serrais contre moi. Elle me souhaitait compréhensif. T'inquiète... C'est juste que c'est mieux comme ça. Cette phrase m'est revenue plus d'une fois. J'ai agi comme mon propre père, j'ai pris sur moi.

Un jour, par hasard, je suis tombé sur le trio « en repérage ». Cet après-midi-là, j'avais pédalé en direction de la rivière. Le ciel s'était dégagé et il faisait doux. J'avais emprunté un sentier cabossé qui surplombait le cours d'eau et où parfois les branches vous fouettaient le visage. C'est par une trouée de feuillages que je les ai soudain entrevus sur la petite et unique plage dite « de Tahiti ». Trente mètres de long, trois mètres de large. L'endroit était demeuré intact, comme imperméable au temps et aux gens. D'autant qu'à cet endroit, la berge d'en face formait un rideau de végétation d'un vert éclatant et qu'on aurait crue tropicale.

J'ai progressé en rampant sur la mousse qui bordait le sentier. Wexler était vraiment grand. Ses longs bras paraissaient embrasser le décor ou se muer en caméra imaginaire. Charlotte et Aurore s'étaient assises en tailleur à ses pieds. Charlotte avait un carnet et notait des choses. Aurore ne le quittait pas des yeux. Par instants, de rares éclats de mots flottaient jusqu'à moi, puis la scène redevenait muette. À un moment, Wexler a sorti son paquet de cigarettes et s'est éloigné des filles. Toutes deux se sont penchées sur le carnet. Leur discussion semblait aussi sérieuse qu'animée. L'une ou l'autre se redressait, désignait du doigt la rivière ou ses parages. Leur mentor les observait, mais j'étais trop loin pour saisir les nuances de son visage. Il devait être aux anges. Aurore a tendu le bras dans ma direction. Je me suis aplati sur le sol. Quand j'ai osé pointer de nouveau ma tête, Wexler était en train de cadrer les filles avec un minuscule appareil photo. Je ne sais pas à quoi ça tenait, je me souviens à quel point je l'avais trouvé emprunté dans sa posture et ses gestes. Ça durait, les filles n'osaient manifester leur impatience mais on les sentait se raidir. Puis Wexler a brusquement fourré son appareil dans la poche de son caban et claqué dans les mains. Le trio a rejoint le sentier et a disparu.

De ces journées-là, je ne pourrais en dire plus. Frustré comme je l'étais, je m'étais bien gardé de questionner Charlotte. J'avais le droit de passer la voir le soir. Les Wexler dînaient tard et j'arrivais souvent vers la fin du repas. C'est à ces occasions-là que je me suis senti le plus étranger à ce qui se passait dans cette maison. Dire qu'il régnait une ambiance familiale, ce n'est rien. Je n'ai jamais vu se propager entre des êtres un courant aussi vif. Le moindre mot, lourd ou léger, paraissait peser le même poids à cette table. Ils se parlaient et surtout ils communiquaient par des canaux qui devaient m'échapper.

Je supposais que ce type de relations relevait d'un fonctionnement basique au sein d'une famille plutôt intellectuelle. La mienne m'avait accoutumé à un quotidien grêlé par les disputes. Je ne savais plus depuis combien de temps je n'avais pas vécu une journée sans tension. Et quand bien même. De quoi parlait-on à table à la maison ? De ce qui me paraissait être des banalités. D'évidentes banalités qui revenaient au rythme des marées. Ma mère s'agaçait. C'est toujours mieux chez les autres ? Combien de fois je me suis retenu de répliquer. Ça ne pouvait pas être pire que chez nous. *Chez nous*. Déjà cette expression. Que partagions-nous encore ? Un toit ? Charlotte ne me posait jamais de questions sur mes parents.

Pour revenir à ces moments passés chez les Wexler, j'avais l'impression d'être au contact d'une entité, un seul organisme où circulaient le même sang et les mêmes pensées. Nous avions beau parler du même sujet, quelque chose m'échappait. Je me percevais comme un élément disons allogène, ou séparé d'eux par une invisible cloison. Il y avait des regards, des sourires, des silences. Je faisais semblant de saisir, mais quoi ? J'ai mis un certain temps avant de comprendre que *Le Danger* était le titre de notre futur film. Était-ce là qu'on l'avait décidé ? Qui d'entre eux, après de fiévreux débats, l'avait emporté ? Chacun évoquait des scènes et même des plans précis. Au moins pouvais-je m'immiscer dans la conversation et tenter de donner mon avis. Parfois Wexler notait un détail dans un cahier. Parfois aussi, il réclamait le silence d'une main de patriarche, comme pour mieux réfléchir. Puis il reprenait la parole de sa voix si singulière. Cette voix qui nous hypnotisait en classe, cette voix d'ailleurs dénuée de tout accent. Une voix bien française.

À plus d'une reprise, son portable se mettait à vibrer. Il sortait et prenait soin de s'éloigner. On voyait sa silhouette s'animer derrière la baie vitrée. Aller et venir, brandir un bras, se figer face à l'étang. Pendant ce temps, la conversation se poursuivait. Tel un pool de scénaristes, nous planchions sur le film. Et lui, que négociait-il ? On l'aurait cru en liaison directe avec Hollywood.

Aujourd'hui, je dirais que c'était Madame Wexler qui fournissait le plus d'efforts pour me mettre à l'aise. Au bout de la table, son mari tenait mes propos à distance. Au mieux, il acquiesçait ou esquissait un sourire indécis. Karl et Cheyenne réagissaient à ma présence selon leur humeur, et Charlotte oscillait entre silence et sourire vide. Elle me prenait quelquefois la main, comme celle d'un enfant qu'on voudrait rassurer. Ça durait. Il ne serait venu à personne l'idée d'abréger un échange ou de se lever.

Les détails remontent en moi comme des balises de sous-marin. Ça devait être l'un de ces soirs-là. Karl était un garçon plutôt mutique mais qui passait par des phases d'excitation très puériles. Il la ramenait souvent avec la chasse et les animaux. Le film lui a servi de prétexte. Il insistait. Ça serait bien que dans le film, ils tuent des bêtes, faut bien qu'ils bouffent, non ? Sa mère lui a gentiment rappelé que c'était un film de lycée et que... Karl ne se calmait pas. Il s'est soudain tourné vers moi, un éclair de défi dans les yeux : J'suis sûr que t'as jamais vu des élans. T'en as déjà vu ? Le silence autour de la table n'a duré qu'une seconde, une seconde épaisse, gluante dont je mesure maintenant le sens. C'est moi qui passais pour un con, alors j'ai bredouillé : Et toi ? T'en as vu des élans ? En Afrique ? J'ai souri à la cantonade, j'ai quémandé d'autres sourires. Le masque. Le silence. Karl faisait encourir un invisible danger aux siens, son père lui a aussitôt claqué le bec et ordonné de sortir de table.

Passé la porte de sa chambre, Charlotte devenait une autre. On aurait dit qu'elle lâchait prise. J'aimais cette expression que j'avais lue dans un roman. Mon désir montait très haut et le sien aussi, je crois. Le couvre-feu était fixé à minuit. La grosse pendule du rez-de-chaussée sonnait les demi-heures et les heures comme le clocher d'une église. L'escalier grinçait à chaque marche. Le bureau de Wexler était niché dans une sorte de mystérieux entresol. Un rai de lumière filtrait sous la porte. Le reste de la maison était plongé dans l'obscurité. En partant, j'ouvrais délicatement les deux verrous de la porte d'entrée. À peine au bout de l'allée, je les entendais claquer.

J'enfourchais mon vélo, tanguais le long de l'étang puis retrouvais le goudron. Personne ne m'a jamais demandé comment je rentrais, sur cette route paumée, sans lumière ni rien. Même pas Charlotte. Je hurlais son prénom dans le noir. De joie, de soulagement. J'étais bien son petit copain, non ? Peu importait le reste. Les heures dans la campagne ou à leur table, à attendre d'être seul oui, mais avec elle. Je dévalais la longue pente qui me ramenait en ville. L'air qui vous plisse le visage produit toujours ce même effet. Je me croyais libre.

Il restait encore plus d'une semaine de vacances. J'ai pu retrouver Charlotte les après-midis. Nous allions nous promener ou nous restions dans sa chambre. Parfois, elle prenait sa guitare folk, jouait quelques notes. Ça ne durait pas. La maison était étrangement calme, même si tel bruit familier rappelait que chacun continuait à y vaquer. Aurore était partie à Londres avec ses parents. Moi aussi, je rêvais de partir. Avec Charlotte. Camper dans les montagnes ou dormir sur une plage. N'être que tous les deux. Je n'ai jamais eu l'audace ou l'inconscience de le lui proposer.

C'ÉTAIT il y a plus de vingt ans et il m'arrive parfois d'éprouver cette même sensation, la nuit. Soudain, quelque part, une sonnerie imaginaire me fait sursauter et mon ventre se noue.

Vacances de Pâques. Les repérages du film. Le départ d'Aurore pour Londres. Il reste encore quelques jours, quasi une semaine avant la reprise des cours. Charlotte rien que pour moi, ou presque. Je suis sur le point de m'endormir. La porte de ma chambre s'ouvre. La silhouette de mon père s'approche de mon lit et me tend le téléphone, sans un mot. À mon réveil, il est plus de vingt-trois heures. Je dis Allô.

On part là, on part… en vacances. Je t'expliquerai. Biz.

Quoi ? T'as dit quoi ?

Charlotte a raccroché. J'ai dû me redresser dans mon lit. Allumer ma lampe de chevet. L'éteindre. La rallumer.

Le téléphone mobile était encore un objet rare. Sans doute que ça n'aurait rien changé. Je l'aurais bombardée de points d'interrogation. J'aurais tenté de la rappeler. Combien de fois ?

J'ai fini par me lever et je suis allé reposer l'appareil sur sa base. Mon père regardait la télé dans le noir. Il était en caleçon et en chaussettes. Une immense solitude émanait de sa personne, ce devait être la première fois que j'en prenais conscience. Il m'a demandé s'il y avait un problème. J'ai dit Non, Pa, bonne nuit.

Je m'étais réveillé plusieurs fois la nuit du coup de fil. Cherchant fébrilement le téléphone fixe que j'avais cru entendre sonner sous ma couette. Je ne sais pas combien de temps je suis resté figé dans mon lit, l'oreiller sur la tête. Un peu plus tard, j'ai entendu mon père prendre sa douche, mettre la radio en sourdine et déjeuner. Le ronronnement du moteur, la porte automatique du garage qui s'ouvre et se referme. Pour une fois, je n'avais pas envie de me retrouver seul à la maison.

J'avais repensé à la veille. Grand soleil. Une vraie douceur s'était lentement insinuée dans l'air depuis peu. Nous étions montés à travers bois jusqu'à la vieille chapelle de Sainte-Julie. Comme souvent, j'avais laissé Charlotte marcher devant moi sur l'étroit sentier qui achevait le parcours. J'adorais le mouvement de son corps, j'embrassais les détails : ses cheveux clairs qui dénudaient parfois sa nuque, la ligne de son soutien-gorge, l'ondulation de son jean, le murmure de sa respiration. Bien sûr, je bandais, mais je bandais comme un romantique.

Nous avions rejoint notre coin habituel, notre Terrasse Avec Vue comme nous l'appelions, une sorte de promontoire de mousse qui donnait sur une autre vallée. Il fallait progresser à travers des taillis pour mériter ce petit lieu secret. Peu le connaissaient. Au loin, très loin, les Alpes étaient visibles ce jour-là. En contrebas, des prés encore verts et des villages perdus qu'une étroite route reliait les uns aux autres. J'étais de ce pays et j'étais fier d'entraîner Charlotte jusqu'ici. Nous nous étions caressés longtemps, allongés torses nus sur l'herbe. Je me souviens de ses seins blancs, de leurs aréoles humides, luisant de ma salive. Je me souviens de nos rires et qu'elle m'avait pris la main comme si nous allions nous envoler.

Lendemain matin du coup de fil. Il était tôt. J'ai cette image de moi, comme arrimé à la table de la cuisine, devant mon Nesquick et mes Pitch. Comme hors circuit. J'ai même écouté les infos comme mon père. Et puis lentement, je suis revenu à ma propre actualité. Pourquoi Charlotte avait-elle cru bon de me téléphoner à une heure aussi tardive ? Pour raccrocher sans explication. Comment penser sérieusement que les Wexler étaient partis en vacances ?

Un quart d'heure plus tard, je pédalais sur la grande côte qui mène à la Villa. J'avais pris soin de quitter la route assez vite et d'emprunter un chemin de terre qui sinuait jusqu'aux abords de l'étang et de la forêt de bambous.

Les gens normaux laissent toujours une clef sous un pot de fleurs ou dans quelque anfractuosité. J'ai cherché cinq minutes, sans conviction. Les Wexler n'étaient pas des gens normaux, je commençais seulement à le comprendre. N'empêche que je me voyais bien entrer dans leur maison en leur absence. J'étais un tout jeune homme qui, en l'absence de sa petite amie, se serait volontiers étendu sur son lit. Et pas que. Ce genre de curiosité me semblait tout sauf malsaine. C'était entrer dans la vie de l'autre sans la salir. Juste s'y lover.

Le salon de jardin était grisâtre, comme encore délavé par l'hiver. Je me suis installé à la place de Charlotte. Ici, chacun avait son siège. J'envisageais le paysage sous un autre angle. L'étang, la forêt, les collines. Pour la première fois, le décor m'a paru comment dire... impressionnant. À plus de trois cents mètres, un mur de pierres en partie effondré traçait encore par endroits les limites de la propriété. C'est ce jour-là que je me suis à mon tour posé la question. Mes parents ne cessaient pourtant de le rabâcher. Ça doit coûter un bras de louer une baraque pareille... Une sacrée propriété quand même ! C'est pas avec son salaire de prof... Bref, d'où les Wexler sortaient-ils leur fric ?

Un gang d'hirondelles a survolé la pièce d'eau pour s'élever ensuite vers la colline où trônait la chaise d'arbitre. J'ai repensé au jour où Karl m'avait pris pour cible avec son 22 long rifle. Ce souvenir a soudain provoqué une désagréable sensation. Quelqu'un aurait pu m'épier depuis là-haut. Ou depuis d'autres postes d'observation dont j'étais coutumier. Les bambous formaient aussi une masse mystérieuse et inquiétante. Pourquoi y avait-il toujours une paire de jumelles près de l'entrée ? Et les verrous qui claquaient dans mon dos le soir.

Instinctivement, je me suis approché de l'étang et me suis mis à l'abri d'un arbre. Sur l'eau, l'aileron de requin grinçait sur sa chaîne. Il y avait aussi le vent qui secouait les branches au-dessus de moi, j'ai toujours détesté le vent. J'ai résisté encore une poignée de secondes puis j'ai décampé.

Autant dire que les jours qui ont suivi sont des jours vides, sans contours ni couleurs. Au moins, je dormais longtemps. La pharmacie de mon père a été une grande découverte. Un kit pour dépressif. Le Stilnox que je pratique encore produit un sommeil profond et compact. Je fermais les yeux et je m'endormais.

Je me promettais d'achever cette relation avec Charlotte, puis non, puis si, puis.... Les Wexler étaient des fous ou des originaux, je n'en savais rien. Je battais la campagne, pédalais comme un dingue, rôdais près de leur maison. Le temps ne cessait de changer. Le ciel était gris, bleu, blanc. Sur mon vélo, je ramais contre le vent. Un 4×4 noir m'avait dépassé sur la route, d'ordinaire si vide. Le jour suivant, il était stationné sur le chemin qui menait à la Villa. Je l'avais revu encore une fois la veille de la rentrée. Je trouvais ça bizarre, mais sans plus.

Il pleuvait. Tout le monde s'était massé sous les préaux. Charlotte conversait avec Aurore. Cette dernière avait le visage hâlé, comme si elle revenait du ski, c'est elle qui m'avait vu pénétrer dans la cour. Je me rappelle son petit coucou, son large sourire. Oui, ce sourire d'avant. Je me suis avancé vers les filles comme un kamikaze. Sans rien savoir. Depuis l'autre soir, j'étais passé par toutes les phases. J'ai embrassé Aurore. Alors London ? J'ai fait comme si j'avais déjà croisé Charlotte, je suis parvenu à ça. Elle aussi. Trop cool, London, un truc de fou... On considérait la pluie, les grosses gouttes qui faisaient du bruit. J'ai à peine entendu la cloche funèbre du lycée.

Aurore n'était plus là. Charlotte n'en avait pas profité pour disparaître. Elle s'est tournée dans ma direction. L'une de ses mains a trouvé la mienne, l'a pressée avec douceur. Cherche pas à comprendre... T'inquiète.

J'aurais eu envie de fondre dans ses bras. La serrer très fort contre moi. Mes yeux devaient errer sur la cour mouillée, les derniers élèves se pressaient à l'abri. On est montés en cours.

Il a plu comme ça toute la semaine. La dernière nouvelle, c'était que Wexler était dans la liste des profs absents. Officiellement, malade.

Était-ce pour se faire pardonner ? Charlotte m'a mis dans la confidence. Non, il n'est pas malade. Il est à Genève. Pour un poste. Un poste ? Un boulot dans la communication... Consultant... pour un pays... Je sais pas trop. T'inquiète, il va revenir. On va le faire, ce film...

Je ne sais plus très bien si je m'inquiétais encore de quoi que ce soit. Cette histoire de Genève Et ces vacances ? Je n'ai même pas eu l'énergie de l'interroger davantage.

D'ailleurs, dès le lendemain, Charlotte m'a invité. Ce devait être un mercredi après-midi. Trajet en vélo sous l'averse. J'ai noté l'absence du break Ford. J'étais trempé. Celle que j'aimais encore m'a délicatement déshabillé et enveloppé dans de moelleuses serviettes de bain.

T'es trop mignon.

La pluie frappait contre les carreaux. Je n'avais plus envie de penser.

Tout est encore si clair dans mon souvenir, c'est fou. Charlotte a donné un tour de clef à sa porte. Je me suis abandonné, mais pas jusqu'à fermer les yeux. Sa chambre me paraissait surchauffée, la lumière comme tamisée. De la buée voilait les carreaux de sa fenêtre. Elle aussi a ôté ses vêtements – même sa culotte, même ses socquettes – et s'est allongée à mes côtés. Nous n'avions jamais été aussi nus. Après, je ne sais plus trop. Ça ressemblait aux fois d'avant en mille fois plus torride, on s'est beaucoup embrassés, on adorait ça tous les deux, sauf que là, je pouvais la caresser partout, que je ne savais même plus quoi faire. On roulait sur le lit, ça n'arrêtait pas. Parfois, Charlotte pouffait ou me souriait. Pas moi. Je la voulais. Je voulais être en elle. Je voulais aussi la voir s'abandonner. Ça montait haut dans le désir, très très haut. Comment s'est-elle extraite de ce corps-à-corps sans qu'on aille jusqu'au bout ? Pirouette de fille. Elle m'a pris le sexe, un geste à la fois gauche et doux, je n'ai tardé pas à jouir sur sa main. Elle a adopté un air mi-gêné mi-satisfait. Une main avec du sperme, c'est toujours un peu porno.

Une heure plus tard, j'étais de nouveau sous la pluie à pédaler dans l'autre sens. Le vent en pleine face.

Il est neuf heures du matin quand je franchis la porte de ma chambre et descends pour le petit-déjeuner. Ida a noué ses cheveux en une savante queue de cheval. Sa nuque ivoire. Elle paraît absorbée par l'écran de son ordinateur. Mais non. Elle se retourne avec un sourire éclatant. On dirait qu'elle a une révélation à me faire.

Vous êtes le dernier Ils sont déjà tous partis...

Je reste figé, désarmé par cette poignée de mots. Elle y a mis tant de cœur, du moins c'est ce que j'éprouve.

Je veux dire... Les commerciaux...

Sommes-nous seuls dans l'hôtel ? Vraiment ? Je cherche une contenance sans la trouver. Je souris et me lance.

Vous prenez une tasse de café avec moi ?

Remonté dans ma chambre, je note ce qui ressemble à des détails. Ne rien oublier de ce tête-à-tête. Nous avons dit des choses sans réelle importance, même si nos mots étaient chargés d'une curieuse densité.

Enregistrer l'essentiel. Le heurt de nos tasses sur leurs soucoupes. Son accent. Sa voix, rare et douce. Ses yeux qui n'ont fait que m'effleurer. Elle ne m'a pas questionné, moi non plus. J'aime la qualité de son silence.

L'homme au pied bot est apparu au bout du couloir. Il poussait un chariot chargé de draps et de serviettes. Ida a failli se lever, puis non. Lui a souri, nous a adressé un petit signe.

C'est venu comme par surprise. Elle m'a dit qu'aujourd'hui elle achevait son service à midi. Ah oui ? Une porte s'entrebâillait. Je lui ai désigné l'extérieur, la lumière du soleil, et je lui ai aussitôt proposé une balade. Un mot qui, dans ma bouche, me paraissait presque exotique. Elle s'est fixée un instant sur sa tasse puis m'a regardé. Une balade ? Son sourire m'a semblé durer longtemps. Pourquoi pas ?

L'histoire des Wexler, celle de Charlotte et d'Aurore, tout cela me paraît soudain loin. Un faible signal lumineux qui clignoterait quelque part sur la banquise. Aurore... J'avais prévu de l'appeler après le petit-déjeuner et convenir d'un rendez-vous pour l'après-midi. Sauf que là, je ne parviens pas à grand-chose. J'allume la télé, la coupe, vais jusqu'à la fenêtre.

L'autoroute, les camions, le ciel.

Un texto de Madame Gallois me délivre au juste moment. Aurore t'attend demain matin.

Same player. La petite musique repart. Aurore existe. Les Wexler aussi. Charlotte a peut-être même des enfants.

Difficile de rester dans ma chambre toute la matinée. Je vais sortir. Ne serait-ce que pour donner le change à Ida. Simuler la vie d'un homme occupé. Je referme le capot de mon ordinateur, le glisse dans sa housse avec mon carnet et enfile mon blouson. Mener une double vie doit ressembler à ça. Pour un peu, je planquerais le gin dans l'armoire. Avant d'ouvrir la porte, je prends mon reflet à témoin. Alors, miroir, qu'en dis-tu ?

Personne à l'entrée. Je préfère. J'en suis presque soulagé. Un nouveau tête-à-tête avec Ida m'aurait mis dans une sorte d'embarras. Je crois entendre quelque chose dans le bureau qui jouxte la réception. Je presse le pas et me retrouve sur le parking.

Au Pam Pam, le caissier de la dernière fois vaque dans les rayons, la démarche cool et pro d'un roadie sur un concert de Motorhead, dont le nom brille au dos de son gilet. Je le croise de nouveau au rayon fruits sans pouvoir lire sur son t-shirt autre chose que *Des femmes et du café*. Fraises ou framboises ? Salade mixte ou jambon mozzarella ? J'hésite et finalement, je prends tout.

À la caisse, tenue cette fois par une très jeune fille très brune, un gars filiforme prétend vouloir acheter un pack de bières et une paire de lunettes de soleil avec un billet de cinq cents euros. La caissière prend des airs embarrassés. Ça ne va pas être possible, monsieur. Le client brandit son billet. C'est curieux, il chuchote, ou plutôt c'est comme si le son de sa voix avait été réduit. Ses yeux glissent sur les bières et les lunettes. Il finit par regarder la caissière, sans conviction, puis s'éloigne vers la sortie. Son billet pincé entre deux doigts flotte comme un petit drapeau. Le temps que je règle mes propres achats, je le vois s'introduire dans une voiturette de couleur vert pomme, laquelle disparaît avec une lenteur spectaculaire.

J'emprunte cette nouvelle bretelle qui contourne la ville et s'élève peu à peu vers les collines en direction de Genève. Peu avant que la route ne s'enfonce dans la forêt, je m'arrête sur l'immense parking qui surplombe la plaine. Une plateforme équipée d'un bloc toilettes, de quelques tables de pique-nique et d'un *food truck* encore fermé à cette heure. Alignés comme des jouets, cabines closes, cinq ou six camions semblent encore assoupis. Je me gare à l'écart, face au paysage. Très loin, des formes blanchâtres composent comme un troupeau d'épouvantails géants. Je finis par distinguer des éoliennes que l'on a dû installer durant ces dernières années passées loin d'ici.

Je croyais naïvement que mon enquête tiendrait sans moi, ou du moins que je n'en serais qu'un figurant ou une silhouette. Ce qui m'aurait évité de m'exposer et de mesurer à quel point ma vie s'est figée un jour de juin d'il y a vingt ans. J'ai désormais l'impression de sortir d'un congélateur. Il est temps de récapituler. Revenir encore en arrière.

J'ai eu mon bac mention Assez Bien, obtenu un court diplôme, décroché par hasard un stage dans un secteur très spécialisé et enchaîné sur un métier excessivement bien payé pour un travail certes précis, mais sans efforts. Sans doute que j'ai eu de la chance durant toutes ces années. J'ai circulé d'un point du globe à l'autre. Pour faire simple, on m'appelait, j'arrivais, je démontais, j'auscultais la délicate machine comme un toubib. On m'écoutait poser mon diagnostic. La pièce de rechange mettait parfois du temps à être acheminée. Je patientais au bord d'une piscine, il y avait toujours de copieux *breakfasts* et de gentilles filles. Et je repartais. Mes brefs séjours m'ont privé de relations suivies et de projets. J'ai entamé quelques histoires sentimentales, mais peut-on appeler ça de l'amour ? Des liens se nouaient, il m'arrivait de revoir l'une ou l'autre de celles qui avaient partagé plus que mon lit. Le temps passait et, invariablement, ces élans de vie échouaient dans la rubrique Non lu de mes courriers électroniques. Est-ce que c'était une vie ? Je ne sais pas. Partir, revenir, partir. Le siège de mon entreprise se situait à Mobile, Alabama. On m'aimait bien à Mobile. On s'était même chargé de placer mon argent et de le faire fructifier – quelque part dans les Caraïbes – à des taux inédits. J'avais désormais de quoi vivre sans travailler pour un bon moment.

J'ai revu mes parents dans des lieux impersonnels où nous nous donnions rendez-vous. Des îles ou des stations balnéaires. Ma mère adorait. Mon père aurait préféré que je rentre parfois à la maison. Tout ce temps qui a passé sur moi. Sans moi. J'aurais pu continuer à travailler sans réfléchir. Les gens de Mobile n'ont pas apprécié mon départ. Ou plutôt, ils n'y ont pas cru. Ils m'ont suggéré de prendre des vacances. M'ont donné plus d'argent encore, comme on lâcherait un pourboire plus conséquent. J'ai accepté quelques soirées barbecue ou cheminée dans le pseudo ranch de mon boss. Sa fille était toujours là, toujours plus souriante. Je me suis contenté de lui rendre ses sourires, c'est tout ce que je pouvais pour elle. Ses parents y croient sans doute encore. Pour eux, je suis simplement en vacances.

Je ne sais toujours pas ce qui m'a décidé à mettre un terme à cette période de ma vie, et ce, du jour au lendemain. Comme si cette décision s'était opérée à mon insu. Enfin, pas tout à fait.

On est allés se promener. J'ai bien pensé à toi.

Quelques mots dans ce genre. Il a suffi d'une photo. La maison des Wexler prise de la colline. La Villa.

J'ai cru tomber de quelque part. Une chute molle et sans fin. Je me rappelle que j'étais en train de marcher dans la rue quand j'avais machinalement consulté mon téléphone. J'avais été contraint de m'arrêter et de m'approcher d'une vitrine pour reprendre mon équilibre. Fermer les yeux. Respirer.

Mon père arpentait la région avec sa nouvelle compagne. Il avait l'air heureux de me faire partager sa renaissance. Cascades, châteaux, sentiers, j'ai eu droit à d'autres images. *Tu te souviens ?* Bien sûr que je me souvenais. Mais sans plus. Une membrane invisible me séparait de cet autre moi-même. Je m'étonnais d'être devenu aussi insensible à ce qui avait pu m'arriver si jeune. En mal ou en bien. C'était quoi mon passé ? Je ne m'en suis pas voulu très longtemps. Mes parents étaient les coupables idéaux. J'avais grandi dans leurs engueulades. Cela avait quand même duré jusqu'à mon bac. Un jour, ma mère était revenue à la maison en notre absence. Elle avait cassé tout ce qu'elle avait pu, sauf dans ma chambre. Sur ma porte, elle avait dessiné un cœur avec un marqueur rose. C'était pathétique. J'étais en revanche attendri par la nouvelle vie de mon père. De ma lointaine bulle, je me croyais définitivement invulnérable. Il a fallu cette photo-là pour que mon cadavre d'adolescent remonte à la surface.

Nous pique-niquons au sommet de la colline, à l'endroit même où s'élevait la chaise d'arbitre. Ida est d'abord bluffée par la vue sur les environs puis son attention se porte sur la Villa et son étang. Je comprends bien qu'elle attend des explications. Un jour, je lui raconterai tout. Mon trouble doit être perceptible. J'aurais eu mille autres endroits où l'amener.

Je préfère lâcher du lest sur ma vie professionnelle. Les voyages, les avions, les hôtels. C'est facile, je le reconnais, mais je crois ne pas en avoir abusé. Je coupe même court à un moment, et la relance sur sa propre vie. C'est comme ça qu'elle me raconte comment elle est devenue réceptionniste.

Jusqu'à présent, je n'ai pas remarqué que le français d'Ida était aussi approximatif. Elle ne cherche pas à en dire moins, elle cherche surtout ses mots, pour me livrer une version nuancée de ce qu'elle a vécu. À ses phrases en suspens, à ses soupirs, je mesure par instant sa frustration.

Elle est originaire de Pologne, où elle a suivi des études de lettres. Études interrompues par une idylle qui, selon elle, lui a fait perdre la tête.

Au grand désespoir de mes parents.

Elle emploie cette expression, comme si cela compte de la connaître dans une autre langue que la sienne. Elle cherche déjà une autre formule, désignant le ciel et mimant aussitôt un grand choc sur sa tête. Elle a eu *le coup de foudre*. Pour un étudiant français en vacances.

Je crois que le garçon ne m'aimait pas. Pas assez. Pas comme j'aurais voulu. Il était trop léger. Pour tout. Peut-être que c'était moi qui... Je ne sais pas... J'ai lu des romans français. Une histoire *classique*, n'est-ce pas ? C'est son quatrième poste de réceptionniste. Ici, elle est la *manager*. Son sourire et le pseudo accent américain qu'elle imprime à ce mot pointe l'ironie de sa situation professionnelle.

Bribes, silences, regards perdus sur les arbres ou le ciel. Il y a également beaucoup de pudeur et d'exigence dans la recherche de ses mots, qu'elle s'efforce de placer dans des phrases correctes. Son accent enveloppe ses propos et leur donne une harmonie mystérieuse. Je me dis qu'elle n'a pas dû se confier à quelqu'un depuis longtemps.

Nous picorons sans cérémonie ce que j'ai acheté au Pam Pam. Le sandwich ou la barquette de salade. Elle adore les fraises. Son jean dévoile ses chevilles, aussi ivoire que sa nuque. Je suis étonné et heureux qu'elle m'en dise autant sur elle. Le peu que je lui ai révélé de moi lui a-t-il inspiré confiance ? À un moment, son français se désaccorde un peu. Vous êtes bizarre gentil. Elle rougit en regardant ailleurs.

Heureusement, le ronronnement subit d'un hélicoptère m'évite de rougir à mon tour. L'engin bleu EDF a surgi dans notre dos et nous a survolés à très faible altitude avant de lentement s'éloigner vers les pylônes à haute tension qui se dressent de loin en loin dans la forêt. C'est à cet instant qu'une incroyable scène me revient.

J'étais avec Charlotte dans sa chambre. Une fin d'après-midi. Sans doute l'une de nos dernières fois. Je me souviens de la chaleur qui régnait dans la pièce, de nos corps humides. Soudain, le toit a vibré au-dessus de nous. J'ai reconnu le claquement des pales d'un hélicoptère. Le bruit était si assourdissant qu'il nous a tirés du lit. Penchés à la fenêtre, nous avons aperçu à moins d'une cinquantaine de mètres l'appareil en stationnaire, à la verticale de l'étang. À cette distance, je pouvais distinguer les deux hommes à bord. À cause du vacarme, je n'ai pas réalisé que Charlotte avait quitté la pièce. Wexler est apparu le premier dans mon champ de vision, en bas sur la terrasse. Il gesticulait et, sans le son, c'en était comique. À croire qu'il engueulait l'hélicoptère. D'ailleurs, le pilote et son acolyte avaient l'air d'en rigoler. Je me rappelle cette sensation d'être face à un ventilateur géant.

L'air tiède plissait mon visage. À son tour, Karl a surgi. Il tenait sa carabine à lunette et visait l'hélico. Précédé de son père, il progressait vers l'étang, avec l'assurance d'un homme qui savait se servir d'une arme. Wexler s'est tourné vers lui et a désigné l'appareil. Karl s'est immobilisé, comme pour ajuster son tir, et au même instant, l'hélico s'est propulsé dans le ciel.

À l'époque, il s'était passé assez de choses bizarres pour que cette apparition ne me surprenne qu'à moitié. Charlotte est revenue dans la chambre et m'a demandé de partir. Elle m'a aussi fait jurer sur sa tête de ne rien dire à personne. En descendant, j'ai fait mine de ne pas voir Wexler et son fils, tapis dans la pénombre du living-room. Pour une fois, je n'étais pas contrarié de rentrer chez moi. Peut-être que j'en avais marre. Les pédales tordues claquaient au-dessus du bitume. Mon vélo était le seul élément réel sur lequel je pouvais compter.

Ida a la lèvre supérieure ensanglantée par les fraises. Elle s'essuie avec un mouchoir en tissu et je trouve ça chic.

Nous accomplissons une grande boucle à travers la forêt. Une promenade de plus de deux heures qui ressemble à un pèlerinage secret. Les routes et les rues ne cessent de se modifier et brouillent notre mémoire, les sentiers au contraire restent les mêmes, arpentés par des promeneurs qui ne veulent surtout rien changer. Je n'ai pas de mal à retrouver mon chemin. Nous parlons peu, mais cela n'a pas l'air de gêner Ida. Il est vrai que nous avons déjà livré une première version de nous-mêmes. Le reste viendra plus tard, s'il doit venir.

En cet endroit, la forêt est ponctuée de vastes trous que la végétation a recouverts depuis longtemps. Un avion américain a autrefois raté sa cible. De même, on raconte qu'un panzer gît encore au fond de cette courte retenue d'eau que l'on appelle le lac de l'Allemand. Ida s'arrête. Vous avez entendu ? Un rossignol. J'envie cette soudaine légèreté.

Son téléphone vibre. Elle l'extrait de sa poche sans brusquerie. Contrairement à ces gens qui haussent la voix pour se faire mieux entendre, on dirait qu'elle s'adresse à moi.

Sauf qu'elle s'exprime en polonais. Ce doit être la première fois que j'entends cette langue. Je la trouve à la fois douce et dure. Certaines sonorités me rappellent des histoires d'espions et de rideau de fer. Mon père adorait ces ambiances. J'avais vu des films en noir et blanc avec lui.

Ida abaisse son appareil et consulte son écran. C'était ma mère… On a été coupés. Je lui explique que nous sommes sans doute dans une zone blanche. Elle se tourne vers moi avec ce même sourire poignant. Une zone blanche ?

De nouveau, l'hélicoptère se fait entendre. D'abord le ronronnement, puis le claquement des pales. Malgré l'abondante frondaison à cet endroit, nous ne pouvons nous empêcher de chercher l'appareil au-dessus de nous. J'ai envie de me boucher les oreilles. Ou de lui prendre la main.

L'ANCIENNE aumônerie du lycée Saint-Antoine se situait près des terrains de sport. Un temps utilisée comme vestiaire pour l'éducation physique, cette bâtisse en briques était désormais inoccupée. C'est là que nous nous étions installés pour la durée du tournage, dont les préparatifs avaient débuté un dimanche. Je m'en souviens, Cheyenne était à la messe ce jour-là. Madame Wexler s'impatientait. Il fallait ajuster nos tenues pour le film et seule, *Oh my God*, elle n'y arrivait pas. En attendant, Karl enduisait nos vêtements de boue pour faire plus réaliste. Je le revois avec son pinceau, sa truelle et son bidon. Il prenait un certain plaisir à nous saloper. C'est lui qui, le même jour, nous avait appris à fabriquer des arcs et à tailler nos flèches.

Erwan, le cadreur, allait se montrer pire que prévu. Avec sa veste US Army et ses cheveux ceints d'un bandana, il se la jouait correspondant de guerre. Rien que de le voir discuter les consignes de Wexler m'horripilait. D'ailleurs, ce dernier ne l'écoutait jamais. Un petit couple inséparable avait la responsabilité de la prise de son. Cheyenne serait la scripte et Madame Wexler s'occuperait de gérer les problèmes matériels qui n'allaient pas manquer de survenir. Nous étions tous excités à l'idée de cette semaine particulière. Les autres classes nous enviaient.

Un brun ténébreux dont j'ai oublié le prénom interprétait le chef de la tribu des garçons. J'étais l'un de ses lieutenants. D'après ce que j'avais su, Aurore avait longtemps résisté avant d'accepter le premier rôle féminin. Charlotte jouerait sa meilleure amie, c'était plus simple comme ça. Du scénario lui-même, peu de détails avaient filtré. Tout ce qu'on savait, c'est qu'il y avait très peu de dialogues et que Wexler comptait surtout sur notre *présence naturelle*. Je crois qu'il n'avait pas une idée très précise de l'ensemble. D'ailleurs, avait-il le temps d'y songer ? Sa famille et lui devaient être entrés dans cette phase de turbulences dont ils n'émergeraient plus. L'étau se resserrait, le compte à rebours avait commencé.

Une pièce de l'aumônerie tenait lieu de bureau à Wexler. C'est là qu'il se retirait, pour *réfléchir*. C'est là qu'il passait de longs moments à téléphoner. À qui ? Certains l'avaient entendu hurler. C'est là qu'il donnait ses consignes aux acteurs principaux et les faisait répéter. C'est là surtout qu'il s'est enfermé à plusieurs reprises avec Aurore. Je serais bien incapable de préciser quand celle-ci est réellement tombée amoureuse de son professeur. Peut-être que c'était déjà fait et qu'ils s'étaient même vus secrètement, bien que cela me paraisse peu vraisemblable. Je crois plutôt que tout a basculé cette semaine-là. Aurore y a cru. L'homme mûr et plein d'assurance, l'intellectuel aux mille références, celui qui allait bientôt lui consacrer tout son intérêt et son énergie, cet homme qui aurait dû rester un rêve de jeune fille, cet homme est devenu un possible. Il le lui a fait savoir, par ses paroles et par ses yeux.

Assez vite, nous avons perçu quelque chose. Ce n'était pas clair, c'était confus et indicible, mais ça se sentait. Madame Wexler et ses filles avaient beau s'agiter comme des ventilateurs, nous étions aux premières loges : Dieu le Père était en train de perdre les pédales. Diximus ne cessait de répéter : J'en étais sûr. Mais il était sûr de quoi ? Je ne le prenais qu'à moitié au sérieux. Et pourtant... La coke l'avait peut-être doué d'un pouvoir de voyance.

Le soleil allait être avec nous, il le serait même dès le lendemain avec une température record pour la saison. Une journée idéale pour tourner les séquences dites aquatiques. On y verrait les jeunes filles perdues traverser la rivière. Même si l'eau ne dépassait pas une trentaine de centimètres à cet endroit, filmer leur progression s'est révélé compliqué. Notre prof était catégorique : on tournerait autant de plans qu'il le faudrait. De face, de dos, de loin, de près, de très très près même. Il y avait une si belle lumière, il fallait en profiter.

J'étais chargé d'actionner la machine à faire de la brume qu'on avait empruntée au club théâtre. Pour produire son effet, l'engin portatif nécessitait d'être brandi sous le bras du cadreur. Erwan puait des aisselles et me marchait sur les pieds. Le petit couple avec perche et enregistreur se pressait dans mon dos. Cette tâche de machiniste m'accablait.

Jupes bleu pensionnat retroussées, de l'eau jusqu'aux genoux, les filles avaient aussi fait preuve de beaucoup de patience. D'autant que Wexler ne cessait de prodiguer des conseils compliqués.

Ton regard manque d'intensité. Marche plus lentement. Dénoue tes cheveux. Voilà, comme ça

Il était clair qu'Aurore mobilisait toute son attention. Cheyenne, passe-moi le Nikon. Il prenait deux ou trois photos d'ensemble puis s'appliquait à la cadrer au plus près. Elle rosissait de cet excès d'attention. Lui allait, venait, sortait de l'eau, y entrait de nouveau. Pataugeant en short et tongs. On aurait dit un chien fou. Sur la berge, Madame Wexler fumait Laredo sur Laredo. Surtout, ne bougez pas, les filles. Non, elles ne bougeaient pas. Des statues vivantes au fil de l'eau. Dad, il fait froid, maugréait Charlotte. Pendant ce temps, les garçons jouaient au foot dans un pré voisin.

Ces derniers sont entrés en scène en début d'après-midi. Une scène clef, selon Wexler. À l'heure du repas, il nous a tous rassemblés et a exigé un silence total. Je reste convaincu qu'il n'avait qu'une idée approximative de ce que nous allions tourner. C'était davantage des ambiances ou des successions d'images. Il n'y avait pas besoin d'être un professionnel pour voir qu'il n'avait jamais réalisé le moindre film. En revanche, il possédait cette faculté de conviction et cette autorité naturelle qui nous rendaient si dociles.

Je le revois nous camper la séquence dite de « l'embuscade ». La capture des filles devait revêtir un côté antique et violent. Rappelez-vous l'enlèvement des Sabines. Vous voyez ? Non, personne ne devait bien voir. Les garçons, il vous faudra également trouver des gestes sauvages, des gestes de barbares… Et vous les filles, vous êtes des proies. Soyez pures et fragiles. Wexler brandissait souvent un cahier que nous aurions bien aimé feuilleter. Il lui arrivait de l'ouvrir et d'aussitôt le refermer.

Ce film sera fort, vous verrez. Le mot « fort » nous échappait. En plus, nous avions faim. Madame Wexler attendait avec des cagettes de sandwichs et de pommes. Il y aurait eu de quoi sourire pour un observateur extérieur. Les garçons engoncés dans leurs vêtements tachés de boue et désormais munis de leurs arcs, les filles encore frigorifiées par la scène de la rivière et comme écrasées par la fatalité de leurs rôles : des proies pures et fragiles.

Dommage que tout ait disparu. J'aimerais bien visionner des images de « l'embuscade ». Il me semble que les premières prises frisaient le ridicule. Les filles se ramollissaient dans les bras de leurs ravisseurs, lesquels finissaient par traîner leurs captives comme des bouts de bois. En nous voyant, Wexler a d'abord éclaté de rire. Du coup, tout le monde s'est lâché, c'est même parti en franche rigolade. Alors, il a changé de ton. Sa bouche frémissait. Vous ne savez pas ce que c'est, la violence du monde ? Il va falloir apprendre. Vous êtes des enfants. De petits enfants. À la suite de quoi, il a disparu.

Il disparaissait comme ça, à peine quelques minutes et revenait, les yeux luisants, chargé à bloc. Allez, allez, on s'endort là ! Il reprenait les rênes du tournage et nous relançait. Diximus se faisait moins discret quand il s'éclipsait. Comment se procurait-il de la coke dans notre petite ville, cela demeure encore pour moi un mystère. C'est en tout cas dans ces circonstances que j'ai été initié à la poudre blanche. Cette première expérience m'a stupéfait. Ce goût étrange qui s'insinue lentement dans la gorge et la suite, le courant à haute tension qui éblouit soudain le cerveau. J'en ai repris plusieurs fois durant la semaine. Et dire que je n'ai jamais établi aucun rapprochement avec les parenthèses que s'accordait Wexler… Je ne l'avais pourtant jamais vu aussi agité, impatient, reniflant sans cesse. Le tournage d'un film scolaire pouvait-il vraiment le plonger dans cet état ?

Le reste de la famille Wexler faisait bloc autour du père. C'est du moins ce que je réalise si longtemps après. Seul, il aurait vraisemblablement chaviré. Les siens ou plutôt les siennes s'efforçaient d'insuffler un minimum de légèreté dans ce tournage fébrile. Car Karl, lui, disparaissait pendant des heures. Où ? Sûrement dans les bois, où il marchait et chassait. Un jour, il est revenu sur le tournage, sa carabine en bandoulière et un lièvre mort suspendu au bout d'un bâton. Inutile de dire que sa mère l'a copieusement engueulé.

Il y avait de longs temps morts. Les garçons restaient groupés, les filles aussi. La cloche du lycée sonnait au loin. L'ennui nous poussait à nous disperser. Au-delà de l'ancienne aumônerie subsistaient des vestiges d'une autre époque. Personne ne semblait s'y être jamais aventuré. Comme ce hangar qui abritait une jeep sans roues et un command-car à moitié désossé. À quand remontaient ces véhicules ? Au milieu d'un pré, nous avons découvert un ancien court de tennis sans doute en terre battue. Le sol était désormais comparable à une immense flaque de rouille. Au fond, la forêt était un rempart, une paroi obscure et infranchissable.

Puis on nous rappelait. Madame Wexler tapait dans ses mains. Allez, en scène ! Cheyenne réajustait nos tenues et nous briefait sur nos rôles respectifs. Nous avions de plus en plus de mal à établir des liens entre les différents plans que nous tournions. Les filles étaient les plus agacées. Ça rechignait. On nous fait faire n'importe quoi. Peu à peu, nous avions l'impression que le scénario s'était rétréci autour du brun ténébreux et d'Aurore. Wexler prétendait avoir de nouvelles idées. M'sieu, vous avez trouvé une fin ? Peut-être... Son air énigmatique ne nous convainquait qu'à moitié. Pendant ce temps, il fallait qu'on aille ramasser du bois pour un bûcher. Un bûcher ? Oui, comme pour Jeanne d'Arc.

Et Charlotte dans tout ça ? Nous nous croisions à peine pendant les pauses. Elle multipliait pourtant les petits signes pour me rassurer. De petits signes dérisoires et qui me désolaient plus qu'autre chose. Un jour, elle m'a chipé une boîte de Kinder pour le goûter. La belle affaire. Tel un chat trop tendre, elle se lovait cinq minutes contre moi puis rejoignait ses parents ou sa sœur. C'est durant cette semaine que j'ai mesuré avec le plus d'exactitude la place que j'occupais à ses côtés. J'ai surtout compris que je resterais éternellement en marge de sa vie ou plutôt de celle de sa famille. À mon âge, je n'avais pas encore conscience de la normalité des choses : je me disais que je n'étais pas à la hauteur. Comment faire aussi bien ? Un père aussi charismatique, une mère aussi solide, une fratrie aussi proche. Quand je rentrais à la maison, mon père à moi tentait de s'intéresser. Alors ce tournage ? Le tournage ? Ben normal, quoi... J'étais taiseux comme peut l'être un adolescent. Peut-être en avais-je plus ou moins conscience. Parfois, la solitude de mon père me peinait. Je consentais à regarder le JT avec lui. Politique, guerres ou sport, il commentait tout avec un humour pince-sans-rire qui finissait par me faire marrer. N'empêche que j'étais encore sacrément amoureux.

On devait être à mi-tournage et j'étais interdit de séjour à la Villa. C'est compliqué, tu comprends... Le soir, on fait le point, on se détend aussi. J'avais découvert qu'Aurore dormait chez eux. Charlotte ne m'avait rien dit. Mais si, je te l'ai dit... Mes faux sourires devaient la mettre mal à l'aise. Qu'est-ce que t'as ? T'es pas jaloux quand même ? J'essaie aujourd'hui de me mettre dans la peau des Gallois. Ils ont dû prendre sur eux. Ne pas vouloir passer pour vieux jeu auprès du prof. LE prof. Avec ce film, tout et n'importe quoi pouvait se justifier. Leur fille a été absorbée par la famille Wexler. Comme par un buvard géant.

J'aurais bien été incapable de dire où en était Diximus avec sa propre souffrance. À cet âge, l'empathie a ses limites. Ce qui est sûr, c'est qu'il avait déjà franchi depuis un moment la frontière qui sépare la réalité d'un autre univers. J'avais l'impression de communiquer avec un personnage plutôt qu'avec un être humain. Ce qui ne l'empêchait pas de conserver une pointe de lucidité pour la vie dite matérielle. Plus profondément, je crois que ses yeux de verre ne cessaient d'imprimer l'image de celle qui ne le regardait jamais. Quand tout est parti en vrille, je pense qu'il a été délivré. Du moins, provisoirement. À la fin de l'été, il a entamé sa première cure de désintoxication.

Mais il faut encore en finir avec le tournage, qui est devenu de plus en plus improbable. Sans doute que dans un premier temps la direction du lycée n'a pas eu vent de ce qui se passait. Personne n'avait intérêt à ébruiter les dérives des derniers jours. Certains élèves allaient, venaient, rentraient chez eux. Des filles se sont saoulées, des garçons aussi bien sûr. Le brun ténébreux avait été retrouvé en train d'errer à moitié nu le long de la rivière. Où, d'ailleurs, le clap et une brassée d'arcs et de flèches s'en étaient allés, au fil de l'eau. Moteur ! Coupez ! Notre prof reniflait sans cesse, hurlait, déclamait. Formidable ! Tu es for-mi-dable, Aurore... La mère Wexler comme la surnommait certains fumait clope sur clope. J'avais mal pour elle. N'empêche qu'elle assurait l'intendance et avait toujours l'énergie de maintenir un semblant de cadre dans ce foutoir.

Même pour la scène dite du « massacre », même si nous n'avions absolument pas compris qui était réellement mort comment et pourquoi, nous tentions d'y croire encore.

M'sieu, on est morts pour de bon dans le film ? Wexler s'emportait. Ne cherchez pas à savoir. Soyez morts, totalement ! Je me suis accroché avec Erwan. Enfin plus que ça. Ce con me cadrait de si près qu'on devait distinguer jusqu'aux pores de ma peau. Arrête de bouger, Mathias, t'es vraiment pas pro... Je me souviens de m'être brusquement redressé, d'avoir au passage pris son odeur d'aisselles en pleine face et de lui avoir balancé une baffe magistrale. Erwan est resté tétanisé, incrédule. Il s'est éloigné, suivi du petit couple, pour filmer d'autres cadavres. Non sans s'être retourné pour me lancer cette menace diabolique. Toi, je vais te couper au montage... Tu n'existes plus...

Une odeur de marijuana flottait parfois jusqu'à nos narines. Au loin dans la prairie, Cheyenne fumait des joints sur son cheval. Sa monture avait servi une ultime fois pour un plan sur lequel on aurait pu incruster le mot Fin. On comprenait que du temps avait passé. Vêtus de pseudo peaux de bêtes, le brun ténébreux et Aurore s'éloignaient lentement le long de la rivière. Ça ressemblait au dernier plan de *La Planète des Singes*. Je n'ai pas osé le dire à Wexler. C'est Diximus qui l'a fait à ma place, à un moment où il était bien saturé en coke. M'sieu, on va voir aussi la Statue de la Liberté ? Notre professeur a accusé le coup. Il a souri comme un homme démasqué. Tu as raison, Dixi, demain on retourne ce plan, juste avec Aurore. Mais le lendemain matin, on a retrouvé le cheval égorgé.

Cette fois, j'ai été l'un des premiers au courant. Je n'étais pas encore réveillé quand le téléphone a sonné. Mon père non plus, lequel, les yeux encore mi-clos, le visage encore bien fripé, m'a tendu le combiné. C'était Charlotte. Viens s'te plaît, il s'est passé un truc trop grave. Viens, vite. Le jour commençait à peine à pointer derrière mes volets. Elle oubliait toujours que j'étais à vélo et qu'avec la côte à se taper, il me fallait plus d'une demi-heure pour arriver à la Villa. Je devais être à mi-chemin quand j'ai vu fondre sur moi le break Ford. Les plaques minéralogiques n'étaient plus les mêmes, c'est en tout cas la première fois que ça me sautait aux yeux. J'ai enfourné mon engin à l'arrière et Wexler a fait demi-tour.

On aurait dit quelqu'un qui n'avait pas dormi. Il tentait encore de donner le change avec ce qui lui restait d'énergie. Jusqu'au bout, il s'accrocherait à son rôle. Rester celui qui croit tout contrôler.

Lincoln est mort, on a besoin de toi. Cherche pas à comprendre.

Son ton ne laissait pas de place à la moindre question. La voiture semblait flotter tellement il roulait vite. Il a pilé devant le portail et m'a regardé droit dans les yeux.

T'as rien vu, OK ? Lincoln était malade, c'est tout.

Wexler fixait je ne sais quoi sur l'écran du pare-brise.

J'aurai du retard sur le tournage ce matin. Les filles aussi, le temps qu'elles se remettent. Le tout prononcé sur un ton incertain, comme quelqu'un qui réfléchit en même temps. Où allait-il ?

Il a démarré brutalement et les pneus de la Ford ont paru s'imprimer une seconde dans le goudron.

La petite grange qui servait d'écurie était située à une centaine de mètres de la Villa. Karl attendait devant la porte. Les yeux humides, voûté, il faisait plus enfant que jamais. Plutôt un vieil enfant.

Bouche-toi le nez. J'aurais dû suivre son conseil. Une odeur de merde et sans doute de mort m'a coupé la respiration. Le sol était inondé de sang, le box aussi, à moitié détruit par les ruades du cheval. La dépouille de Lincoln avait été enveloppée avec une bâche et ficelée de telle manière que nous puissions traîner l'animal jusqu'à la tombe, qu'il nous faudrait creuser. Karl ne m'a pas laissé le temps d'en voir plus. Il m'a tendu une pioche.

Nous avons mis plus d'une heure pour dégager un trou assez vaste et profond. Je me souviens bien de ce moment loufoque où Charlotte et Aurore nous ont apporté des Kinder Bueno et de l'Ice tea. Elles avaient revêtu leurs tenues de tournage sauf qu'elles portaient des tongs, les mêmes, couleur framboise. Elles ne cessaient de se tamponner le nez et les yeux avec des Kleenex. On s'est remis à piocher en silence. Quelqu'un allait-il finir par m'expliquer ce qui s'était produit ? Les filles nous regardaient creuser, l'air de nous encourager. Nos yeux étaient à hauteur de leurs jambes et j'ai trouvé que les chevilles de Charlotte étaient plus délicates que celles d'Aurore. Le klaxon du break nous a fait tressaillir.

C'est Dad. Bon courage, les garçons. Les filles ont disparu en courant.

Karl demeurait muet, de tristesse sans doute. Deux garçons de onze et seize ans traînent un cadavre de cinq cents kilos. Une demi-tonne. On n'y arriverait pas. Avec en plus cette odeur insoutenable. Lincoln était déjà raide comme un cheval de bois. Le linceul de plastique s'est vite déchiré et la tête a failli se détacher du cou. Abasourdi, j'ai failli lâcher la corde. On a continué à tirer, à tirer encore, centimètre par centimètre, dégageant lentement le cadavre de son box ou plutôt de ce qu'il en restait. L'animal s'était bien défendu. L'arme gisait à l'endroit même où Lincoln avait dû finir par s'effondrer. Un couteau de boucher d'une taille incroyable. Je me suis tourné vers Karl. T'as vu ? Ouais, t'occupe.

Ça puait trop et je n'en pouvais plus. Je suis allé m'affaler un peu plus loin. Mais qu'est-ce que je foutais là ? Karl ne parvenait pas à tenir en place. Notre impuissance à tirer Lincoln le rendait fou. Il a déroulé un tuyau d'arrosage jusqu'à la grange. Aussitôt, je l'ai entendu s'activer à l'intérieur. Il vociférait tout seul. Bordel de bordel. L'eau ruisselait jusque dans l'herbe. De la paille et du sang.

On s'y est remis. Le sol désormais inégal, la toile à moitié déchirée et surtout le poids de l'animal. Un truc de dingue. Les cordes nous tranchaient les mains et le corps de Lincoln avait à peine bougé. Nous n'y arriverions pas. Karl avait le visage violacé par l'effort et sans doute moi aussi. Bordel de bordel. J'en avais marre. On s'est redressés en même temps. La Ford entrait dans la cour.

Dad ! Karl s'est précipité vers le véhicule. Un vrai gamin de son âge pour une fois. De loin, j'avais l'impression que le père tentait de calmer son garçon. Ou de le consoler, une main dans ses cheveux. C'était émouvant. Puis ils ont eu des gestes en direction du cheval. Sans doute que le temps pressait. De la main, Karl a tracé une ligne directe jusqu'à Lincoln. En plein dans les massifs de fleurs. Il guidait maintenant son Dad. Le break a écrabouillé les rosiers et un certain nombre de plantes grasses pour venir se positionner devant la grange.

Même une voiture avait du mal à tracter ce cadavre. Ça patinait dans l'herbe humide. Ça sentait le pneu brûlé. Une corde a lâché. On a lié les deux membres avant avec un rouleau d'épais fil de fer. Karl encourageait son père dans ses lentes manœuvres. J'ai encore dans la tête le ronflement de la Ford et cette odeur de caoutchouc calciné. Les pattes n'étaient plus que viande et os brisés, elles allaient se détacher du reste. Une dernière accélération a fait basculer le cheval dans la tombe.

Bravo, les gars, vous avez fait du bon boulot. Wexler a reniflé un bon coup et s'est penché sur le trou. En tombant, la tête du cheval avait adopté un angle absurde. Le père et le fils sont restés figés, comme pour se recueillir. Karl avait les yeux rouges et mouillés. C'est en balayant du regard toute cette herbe ensanglantée que j'ai réalisé dans quel bordel s'était fourrée cette famille.

Wexler respirait bruyamment. Il conduisait avec une prudence que je ne lui connaissais pas, jetant sans cesse un œil dans le rétroviseur. J'ai dû vouloir briser le silence, savoir où en était le tournage. Karl s'est tourné vers moi avec un air de vieux gnome. Cet air de me signifier Bon, c'est assez compliqué comme ça, la ramène pas. Son père restait muet. J'ai bien vu qu'il ne prenait pas le chemin du lycée. On ne va pas sur le tournage ? Pas de réponse. Ronronnement du break. Ça durait. Pourquoi Karl nous avait-il accompagnés ?

Ce dernier m'a jeté encore une fois son regard de nain mauvais et Wexler a fini par lâcher ces mots. Tu rentres chez toi, mon vieux, et tu n'en bouges pas. Si quelqu'un t'appelle, tu es malade. Point barre.

J'avais été jusqu'alors un garçon plutôt discret, patient et conciliant. Certains m'ont sans doute trouvé niais ou aveugle. Mais là, le ton de Wexler a dû me faire exploser. Mon vieux... J'ai toujours haï cette formule. Je n'étais le vieux de personne.

Je serais bien incapable de reproduire cet instant où j'ai cru retrouver un semblant d'amour-propre. Un torrent de colère s'est abattu sur le tandem père-fils. Pour qui me prenaient-ils ? Pour leur esclave ? Ils en connaissaient beaucoup des couillons qu'on réveillait à l'aube pour enterrer un cheval ? Un cheval égorgé ? Et, c'était quoi ce couteau d'assassin ?

Grand silence. Ils étaient aussi très forts pour les grands silences.

Vous êtes vraiment une famille de barges !

J'ai jailli du véhicule et j'ai claqué la portière de toutes mes forces avec l'espoir que sa vitre exploserait en mille éclats. Mais non, ça, c'est un truc de film. De rage, j'ai encore balancé un grand coup de pied dans ce putain de break. Wexler a démarré comme si de rien n'était. La Ford a disparu au coin de la rue. Avec mon vélo à l'intérieur.

Il était quoi ? Dix ou onze heures du matin peut-être. Je me souviens d'avoir senti tomber sur moi une fatigue comme on n'en éprouve jamais à cet âge. Une fatigue de vieillard. Je suis resté longtemps sous la douche. L'eau semblait me traverser et diluer aussitôt mes pensées. D'ailleurs, je n'avais plus envie de réfléchir. Mes ongles étaient incrustés de terre et de sang. Je me souviens les avoir rongés doigt par doigt jusqu'à ce que tout disparaisse.

Après, j'ai dû m'allonger sur mon lit dans le noir. Je n'avais même pas eu le temps d'ouvrir les volets en partant. Les images sont revenues : la tête de Lincoln dans le trou, l'incroyable couteau, le fracas de la portière. J'avais mal au pied, mais sans plus. Et mon vélo, merde ! Comment j'allais récupérer mon vélo ? Et bien sûr, le pire, ce que j'entrevoyais comme la fin de mon histoire avec Charlotte. Son père allait se faire un plaisir de me liquider définitivement. Un frisson de culpabilité m'a glacé. Ce doit être le seul moment de ma vie où je me suis demandé où était l'issue de secours. Sortir de cette histoire, tout recommencer.

Combien de temps ai-je passé sur ce lit à ressasser le film de mon amour perdu ? Au bout, il y avait toujours de l'herbe et du sang.

Je ne suis sorti de ma chambre que pour grignoter. Mon père m'avait laissé un mot sur la table. Ça te dit de manger au Saigon ce soir ? Le Saigon était à l'époque l'unique resto exotique de la ville. Un Viêt, Mathias, pas un Chinois, ça ne veut rien dire ! Je ne sais pas s'il avait anticipé ou quoi. À moins qu'il ait voulu compenser le vide du frigo ou celui de notre maison. Dehors, il faisait assez beau, je crois. Un flash. Je me vois à la fenêtre de la cuisine d'où je suis des traces d'avion dans le ciel bleu. Mais dans ma tête, ça pue la merde de cheval.

Des détails se sont mis à suinter de ma boîte crânienne. Ce qu'un policier nommerait : un faisceau d'indices. On se protégeait dans la Villa. Les verrous claquaient dès que j'étais dehors. Je repensais aux malles disposées parfois comme des obstacles dans les couloirs. Karl tel un chien de chasse, toujours aux aguets, dehors, dedans. Sa carabine à lunettes, son arbalète. Ses patrouilles dans la forêt. Que faisait Cheyenne dans cette même forêt ? Qui était cet homme en costume que j'y avais croisé ? Et ces autres types qui narguaient Wexler en hélicoptère… Sans rapport, mais quand même, où était passé Oswald, le garde-forestier, disparu quelques mois plus tôt, et dont on n'avait jamais retrouvé la moindre trace ? Ça commençait à faire beaucoup. Le massacre du cheval ressemblait à un sérieux avertissement. J'avais l'impression d'avoir vu une scène similaire dans un film, mais en moins sale. Cette famille charriait de lourds secrets et je n'étais pas sûr de vouloir les partager.

La sonnette d'entrée m'a pétrifié. Pas longtemps. Les rires des filles étaient plus que sonores. Aurore et Charlotte se tenaient devant la porte, avec mon vélo. Le break Ford venait de quitter mon champ de vision. Dad nous reprend dans un quart d'heure. Au fait, il s'excuse.

Ma chambre devait puer la ménagerie. On s'est assis dans le salon comme de petits adultes. Que pouvais-je leur proposer ? Du jus d'orange ? Des chips ? On ne vient pas pour ça. C'est pour le vélo. Et pour le reste.

Paraît que t'étais pas content ce matin. Pas content ? Charlotte me décochait son sourire le plus désarmant. Elles portaient toutes les deux des minijupes en jean et des tennis. On vient de les acheter, ça te plaît ? Enfin, c'est Dad qui…

Le dispositif était plutôt bizarre. Les deux filles avec leurs grandes jambes sur le canapé et moi en face sur un fauteuil. On aurait dit un entretien d'embauche un peu équivoque. Encore que je me vois mal songer alors à des choses pareilles.

On ne s'arrête pas. C'était juste pour te dire que... Il s'excuse pour tout à l'heure. Il est sur les nerfs ces jours-ci... Et avec le tournage... Il a dit aussi que ce serait bien si tu pouvais...

J'avais anticipé d'un signe de tête plein d'évidence. Elle a insisté.

Que ça reste entre nous...

Entre nous... Le mot était bizarre. C'était qui, *nous* ? Charlotte avait dû recevoir des consignes musclées. J'en avais marre et en même temps j'étais soulagé qu'elles soient là.

Le tournage avait finalement été interrompu vers midi. Le temps de pique-niquer, de traîner. Filles et garçons s'étaient mêlés pour disputer un foot, c'était cool selon Aurore, qui ne cessait de mastiquer le même chewing-gum. Je la trouvais trop à l'aise dans cette situation tordue, quasi béate. Tout se mélangeait dans ma tête. Je les imaginais dans la Villa le soir. Cette espèce de secte autour de son gourou.

Et puis, ils étaient rentrés au lycée. Comme ça ? En plein après-midi ?

J'en savais plus qu'elles ne voulaient m'en dire. Diximus m'avait appelé une heure plus tôt. Le match de foot n'était pas encore achevé que le prof avait sonné le rappel. Il avait l'air à cran, sa femme aussi. Des filles prétendaient qu'un homme les observait avec des jumelles. Ils avaient eu à peine le temps de rassembler leurs affaires. Wexler avait de quoi paniquer. Et si l'on avait retrouvé une jolie tête blonde tranchée dans la prairie ?

J'étais face aux deux filles et l'on ne savait plus quoi se dire.

Et Cheyenne. Ça va ?

Elle est à l'église, là.

À l'église ?

Ouais.

OK.

Cheyenne priait pour l'âme de son cheval ou quoi ? J'avais eu envie d'éclater de rire. Cette histoire d'église était de plus en plus absurde.

À quoi bon tenter d'autres questions ? On n'entendait que la mastication d'Aurore. Je n'osais pas regarder les jambes des filles. Le klaxon nous a délivrés.

C'est Dad.

Elles ont bondi comme des enfants. Celles que j'avais surprises un jour en train de jouer aux Barbie.

Nous n'étions pas allés dîner au Saigon avec mon père. Ce dernier avait rapporté une énorme pizza et on s'était fait un plateau télé devant *Loft story*. Tout le monde en parlait. On n'avait jamais vu ça. Des gens enfermés dans un appart comme dans un bocal géant et qu'on pouvait voir évoluer en direct. Manger, rire, s'engueuler. Je me souviens de filles et de garçons beaux, capricieux et limités. Mon père ne m'a posé aucune question. Pour la première et unique fois de ma vie, je me suis endormi devant un écran.

5 H 33. Je n'ai pas vu le jour s'immiscer dans la chambre d'hôtel. C'est le souffle métallique du camion-poubelle qui me ramène à la réalité. Combien de temps ai-je dormi ? Avant de céder à la fatigue, j'ai voulu prendre encore quelques notes sur le tournage. À force de concentration, des détails inouïs ont refait surface. J'ai commencé à dérouler le fil et j'y ai passé une partie de la nuit. Tel un drone, j'ai survolé mon ancienne petite personne. La délivrance approche. L'adolescent que j'ai été est en passe de s'échapper. Du moins provisoirement.

J'ai invité Ida au Gong et l'ai ramenée à l'hôtel pour son service du soir. Quand nous sommes arrivés sur le parking, une ambulance du Samu y stationnait. Ma passagère s'est aussitôt précipitée vers le bâtiment. Le temps de me garer, j'ai entrevu un homme en blouse blanche qui s'emparait d'une mallette dans le véhicule d'urgence et repartait aussi vite.

Je me suis assis sur une banquette près de la réception. Une minuscule musique y était diffusée en continu. C'était la première fois que je m'en apercevais. Le gyrophare du Samu zébrait le hall vide. L'homme au pied bot est apparu brièvement. Un client du deuxième avait fait un malaise. C'était sérieux.

J'avais vécu une scène presque identique dans un hôtel au Vietnam. Dans la chambre face à la mienne, un Européen était vraisemblablement mort d'une crise cardiaque. Une très jeune fille à moitié dévêtue pleurait et hurlait dans le couloir. L'un des responsables de l'établissement avait fini par lui donner une claque pour la calmer. Des infirmiers avaient emporté le cadavre sur un brancard sans même prendre le soin de le recouvrir. Sa face était grise et comme tordue. La fille s'était remise à pleurer. Le réceptionniste m'avait lancé un regard ambigu, comme pour me demander si j'étais intéressé. J'avais lâchement refermé ma porte.

Ici, les urgentistes ont eu du mal à évacuer le brancard par l'escalier. Ida les suivait. Les hommes s'activaient avec des voix neutres, comme détachées. Ils sont passés devant moi et l'un m'a adressé un petit sourire bienveillant. Peut-être me prenait-il pour un proche ? Un couple avec des bagages entrait au même instant. D'autres phares balayaient déjà le parking.

Ida. Je ne voyais que ses cheveux ramenés en chignon, parfois ses yeux. Sa voix, quelques mots, flottait parfois jusqu'à moi. Entre deux clients, elle se levait pour me rejoindre. Les hommes du Samu transféreraient la victime à l'hôpital et c'est là qu'elle serait déclarée officiellement décédée. On le lui avait fait comprendre. Elle avait assisté à toutes les vaines tentatives de réanimation. Les chocs électriques, elle se les rappellerait toute sa vie. C'était aussi la première fois qu'elle voyait un mort. Un homme d'à peine cinquante ans. Il regardait la télévision quand la douleur devait l'avoir saisi. Il avait appelé lui-même les secours. Il faudrait rassembler ses effets personnels. Marc, l'homme au pied bot, avait déjà dit qu'il s'en chargerait. Quelqu'un de la famille viendrait un jour chercher ces restes de vie.

Quelque chose d'indicible nous rapprochait encore davantage dans ce hall. La fragilité de l'existence, peut-être, ce qui l'interrompt si brusquement. Nous aurions pu, comme lors d'une catastrophe, nous blottir sous une couverture de survie et attendre que ça passe. Durant les allées et venues d'Ida, je songeais à ma vie d'avant. Comment avais-je pu vivre pendant tant d'années dans cet état second, cette espèce de coma éveillé ? Une existence sur papier millimétré m'avait évité de trop réfléchir. Un travail confortable avait été un pare-feu contre l'angoisse. On s'endort mieux au bord des piscines Sheraton ou dans un *resort* Four Seasons. N'empêche qu'il m'arrivait encore de me réveiller en sursaut, traqué par une menace que je ne cernais jamais.

Peu à peu, le calme est revenu dans l'hôtel. Nous étions de nouveau assis côte à côte, sans éprouver le besoin de dire quoi que ce soit. C'était même comme si nous étions unis par le silence. Deux cactus artificiels trônaient à l'entrée. J'ai brièvement songé à l'Amérique, à de longues routes rectilignes, à des motels perdus au bout de ces mêmes routes.

À un moment, Ida s'est penchée vers l'extérieur pour s'assurer que tout était en ordre. J'ai scruté son visage et elle s'en est aperçue. Elle m'a souri et, à son tour, m'a dévisagé. J'ai failli tout lui raconter.

Plus tard, je l'ai raccompagnée sur le parking. Nous avons subtilement évité de nous embrasser. C'était touchant de la regarder coiffer son casque et prendre place sur son scooter, la voir disparaître dans le noir avec son havresac et ses mèches au vent. Bientôt, elle n'a plus été qu'un point lumineux. Je suis rentré.

La réception était désormais plongée dans une semi-pénombre. L'homme au pied bot faisait office de gardien, il portait même une cravate. Pour la première fois, son visage a paru s'ouvrir. Elle est bien la petite, hein ? J'ai acquiescé. Sans vraiment savoir ce qu'il voulait dire. Vous voulez un digestif ? J'aurais pu dire oui, juste pour parler d'Ida avec lui. Le peu de lumière invitait aux confidences. Mais j'ai craint que nous n'allions pas très loin. Pas ce soir, merci, je suis fatigué. Il n'a pas insisté.

Après le passage du camion-poubelle, je prends une longue douche. Ensuite, je tente d'égrener les heures qui me séparent du petit-déjeuner en regardant une chaîne d'infos en continu. Mais d'autres images viennent se mêler à celles de la télé. Les urgentistes et l'homme qui, depuis, doit être officiellement décédé. Je n'y arrive plus. Et je redoute la journée à venir. Je programme mon réveil et j'ai dû aussitôt me rendormir. J'ai l'impression d'avoir beaucoup rêvé mais je ne me souviens de rien. La sonnerie me fait bondir. Cette nuit, je n'ai même pas abaissé le store et j'ai désormais du mal à ouvrir les yeux. Une flaque de soleil illumine la chambre.

Ida ne cesse d'aller et venir entre la réception, la salle du petit-déjeuner et la cuisine. Il y a du monde ce matin. Une autre jeune femme que je n'ai jamais vue s'occupe uniquement du service. Elle semble débuter. Deux commerciaux me cassent déjà les oreilles à parler chiffres dans mon dos. Même les cliquetis de couverts me rayent le cerveau. Je suis fatigué. Je perçois vite que je n'aurai pas le temps de discuter avec Ida. Elle me sait occupé. Une journée familiale, je n'ai rien trouvé d'autre. Et quelle journée. Je prends soudain conscience de ce qui m'attend.

Je prends la route des Granges. Le début du trajet me rappelle une promenade d'enfance. Ces coins paumés où l'on est censé respirer le bon air le dimanche après-midi. Très vite, on quitte la nationale pour entamer une ascension le long d'une corniche que surplombent des falaises de craie. En jetant un œil à mon téléphone, je vois que je suis entré dans une nouvelle zone blanche. De quoi être soulagé. Me connaissant, j'aurais été capable d'envoyer un message à Ida. Elle m'a donné son numéro la veille sur le parking et je l'ai affiché plusieurs fois durant la nuit. Les questions ont défilé. Surtout, la question essentielle : sommes-nous destinés à partager quelque chose ? Je veux dire quelque chose de fort ? Je traverse un village et le paysage se fait de plus en plus vide.

Un autre village et un hameau plus loin, j'arrive devant l'établissement baptisé Le Grand Air. Un ancien sanatorium, m'a précisé la mère d'Aurore. Un architecte a dû se faire plaisir à relooker ce bâtiment des années 1930. Le résultat est plutôt réussi. Tout autour, des forêts de sapins et des prairies telles qu'on devait en trouver au Tyrol ou en Engadine. C'est frais et charmant, à perte de vue.

Je presse le bouton d'un interphone et une voix féminine me demande de décliner mon identité et la raison de ma venue. La lourde grille à roulettes coulisse lentement et j'entre sur le parking de la résidence. Une seconde enceinte clôture le parc lui-même. Cliquetis électrique. Un portail déclenché à distance s'entrouvre. Un autre interphone m'enjoint de bien refermer derrière moi. Une haute femme en tailleur noir m'attend sur les marches à l'entrée. Coupe au carré, la cinquantaine, la voix blanche, la main sèche. Elle me salue par mon nom et se présente : Irène Steiger, directrice du Grand Air. J'ai déjà eu affaire à ce genre de personnes dans des entreprises. Passé la porte du hall, l'odeur me saisit. Hôpital, désinfectant, désodorisant, un peu tout ça. La partie administrative semble faire partie d'une autre sphère où flotte un léger parfum de lavande.

Irène Steiger me fait entrer dans son bureau dont elle a soigneusement fermé la porte derrière moi. Asseyez-vous. J'ai du mal à choisir un siège parmi ceux qu'elle me propose. Puis-je vous offrir un café ? Je n'avais pas prévu ce curieux accueil. Je tourne ma cuillère argentée dans ma tasse pendant qu'elle répond au téléphone. Ses mains et la naissance de son cou ajoutent quelques années à son apparence. Elle raccroche.

Voilà, monsieur Malet, je voulais vous voir... Les parents de Mademoiselle Gallois m'ont prévenue que vous êtes, ou plutôt que vous avez été, très proche d'Aurore. Il n'est pas dans nos protocoles d'autoriser de telles visites pour nos patients. La plupart du temps, nos médecins recommandent même des entretiens limités avec la famille. Dont vous ne faites pas partie. Mon interlocutrice marque une pause, les yeux fixés sur un coin de son bureau.

Il faut que vous sachiez que la patiente est soignée pour des troubles que l'on peut qualifier de très sérieux. Son état n'est pas stabilisé et nous ne sommes pas certains que, disons... que les choses s'améliorent très rapidement

Elle a du mal à afficher un vrai sourire. Comme si je lui étais désagréable. J'attends passivement qu'on me renvoie chez moi.

Aussi, et par égard pour la famille, cette famille qui a beaucoup enduré depuis des années et qui place de grands espoirs en vous...

Le mot espoir est enveloppé d'une froide distance. Irène Steiger se dresse dans son immense fauteuil.

... Notre équipe a décidé de vous accorder une entrevue d'une heure avec la patiente.

Même sourire de banquière.

Une heure. Soixante minutes.

Est-ce que j'avais besoin de ce laïus pour rencontrer Aurore ? OK, une heure, soixante minutes. Elle me prend pour un débile ou quoi ?

Voilà Une dernière chose, Monsieur Malet... Il se peut que Mademoiselle Gallois se plaigne auprès de vous du cadre de sa thérapie. Vous comprendrez que...

Je me lève avant elle.

On me confie à un infirmier. L'homme paraît contrarié. De jouer les domestiques sans doute, mais aussi que l'ascenseur principal soit en panne. Nous franchissons une nouvelle porte sécurisée avant d'emprunter un très long et sombre couloir. Des veilleuses jalonnent notre parcours. De nouveau, cette odeur. Le temps de parvenir jusqu'à un escalier, nous croisons quelques silhouettes muettes. Certaines semblent stationner devant leur chambre entrouverte, d'autres marchent au ralenti. Un très jeune homme se fige à notre passage sans que son regard s'accroche à nous. Dans mon dos, je l'entends se remettre en mouvement. Un raclement de semelles dans ce grand silence.

À l'étage, nous débouchons sur un espace beaucoup plus lumineux. De larges baies vitrées donnent sur le parc et la forêt. Les murs sont d'un blanc laqué presque phosphorescent. Personne dans cette zone. Je fais mine de consulter mon portable et j'enclenche le dictaphone. Sans se retourner, l'infirmier me précise qu'il n'y a pas de réseau. Nous avons emprunté une sorte de passerelle de métal qui mène à une véranda. C'est là qu'elle m'attend.

Aurore est enveloppée dans un peignoir blanc et porte des mules en toile. Bien sûr qu'elle a changé, elle n'est plus au lycée. Elle ressemble à une femme de trente-cinq ans, mais dont les yeux creusés paraissent infiniment plus vieux. Elle désigne son apparence d'un geste nonchalant et me sourit. Désolée, je n'ai pas eu l'énergie de m'habiller. Puis elle m'enlace longtemps. Il y a tant de chaleur dans cette étreinte que cela me donne des frissons. Comme si le temps remontait dans mes veines.

L'infirmier est demeuré à quelques pas. Je reviens ici dans une heure. Il disparaît en direction de la passerelle et ses chaussures de mousse couinent encore quelques instants.

Bon... Me regarde pas comme ça, Mathias. Toi, tu n'as pas changé en tout cas...

Je fais mine de protester.

Tu n'aurais pas une cigarette par hasard ? Allez viens, on va dans le parc. Elle s'accroche à mon bras. Je sens qu'elle en a besoin. T'inquiète, on va passer par là. Il y a, comment dire, une élégante lassitude dans sa manière de marcher.

À mon grand soulagement, l'issue de secours ne déclenche pas d'alarme. Je me voyais déjà penaud devant l'imposante Madame Steiger. Descendre l'escalier en colimaçon n'est pas simple. À chaque degré, ses jambes tremblent sous l'effort. Nouveau couloir puis deuxième porte de secours qui, cette fois, donne sur le parc.

Aurore lâche soudain mon bras et me précède. Je marche au plus près, de peur qu'elle ne trébuche. Elle se retourne et rit. Ce ne doit pas être sa première escapade. L'herbe est encore fraîche de rosée. On traverse des fourrés, on enjambe un étroit massif de rosiers pour se retrouver sur un chemin de terre rouge qui doit tenir lieu de promenade aux résidents. Il y a un banc face à la forêt au loin. La forêt ainsi qu'une solide clôture.

Bienvenue au Grand Air, résidence de haute sécurité…

Je remarque à quel point sa voix est rauque, comme patinée par les excès. Elle a besoin de contact. Sa main s'est posée sur ma jambe et n'en bouge plus.

Comme je suis heureuse de te voir… Il n'y a que toi qui…

Le ciel est si bleu, irrigué de-ci de-là par les lignes crème des avions. La brièveté de notre entrevue m'inquiète. Je ne veux surtout pas brusquer Aurore. Elle anticipe.

Tu veux savoir, hein ? Tu veux tout savoir ?

Son visage se rapproche du mien puis s'en éloigne aussitôt.

Dire que mes parents se ruinent pour que je reste ici. S'ils savaient comme ça ne sert à rien. Mais bon… Maintenant… Que je sois ici ou ailleurs.

Près de la clôture, à l'ombre d'un arbre, je viens de distinguer un homme assis en tailleur, étonnamment immobile.

Lui, il est à l'ouest complet. Il reste des heures comme ça… Même quand il pleut…

Elle me presse la jambe.

Tu crois que je suis comme ça ?

Mais non, Aurore… Je suis venu… enfin… pour te voir.

Elle rit. De mon embarras, je pense. Je remarque qu'elle a quelques cheveux blancs.

Tu vois, tout ce que je vais te raconter, je n'ai pas pu le dire à mes parents. Jamais. Leur seule obsession, c'est que je guérisse. Mais de quoi ? C'est drôle que tu sois réapparu, aussi, après tout ce temps Je crois que tu arrives au bon moment... Enfin... Façon de parler.

Une femme en survêtement violet passe sur le chemin sans même nous adresser un regard. Il serait difficile de lui donner un âge. Elle marche très vite et il me semble qu'elle chuchotait.

Aurore commence par la fin. Mon portable dépasse de la poche de ma veste. J'espère qu'il fonctionne.

Dire que j'y ai cru jusqu'à Bangkok, tu vois Au bout de toutes ces années, de tout ce qu'on avait vécu, j'y ai encore cru. Ritchie devait me rejoindre. Il m'a convaincue de repartir. De l'attendre là-bas On recommencerait à zéro. Rien que tous les deux. Si tu avais vu comme il m'a serrée dans ses bras à l'aéroport...

À l'aéroport ?

En fait, leur véritable obsession à mes parents, c'est l'oubli. Tout oublier. Et moi, je n'ai jamais pu. L'aéroport ? Ah ça t'intéresse, ça ? Ils sont où, à ton avis, les Wexler ?

Elle rit puis son rire se mue en une quinte de fumeuse. Elle lâche provisoirement ma jambe pour masquer sa toux. Enfin, nous y sommes. Les Wexler sont donc encore quelque part.

Et elle se met à tout me raconter. Ça dure près d'une heure et demie finalement, je le lui fais observer. On s'en fout. L'infirmier, c'est mon dealer de clopes. Et pas seulement.

J'ai bien fait de ne pas prendre de carnet. Elle ne m'en aurait pas dit la moitié. À de nombreuses reprises, elle a semblé hésiter à poursuivre puis elle a repris. Après tout…

La marcheuse en violet est déjà repassée deux fois. Même foulée, mêmes chuchotements.

Je m'efforce de conserver une concentration totale, au cas où mon enregistreur ne fonctionne pas. Mais ça n'est pas simple. Aurore décroche souvent.

Il y a un seul endroit pour prendre la connexion, c'est là-bas, tu vois ?

Elle me désigne un point quelque part près de la clôture.

On pourra s'appeler alors ?

Elle me regarde comme si j'étais un dément.

S'appeler ? Pourquoi ça ?

Sa main saisit la mienne.

On n'aura plus rien à se dire, mon petit Mathias.

Son peignoir est largement remonté sur ses cuisses nues et blanches, qu'elle ne cesse de croiser et de décroiser. Elle surprend mon regard et sa main presse la mienne. Très fort.

Tu aurais envie de mon corps ? De faire l'amour avec moi ?

Nouveau rire de fumeuse. Il se passe un long instant avant qu'elle ne brouille encore son image. Ses yeux changent de nuance. Un quart de seconde. Le temps que je revoie l'adolescente rougir devant Wexler. *Vous êtes très belle, mademoiselle.*

L'immense fatigue de ma nuit blanche me tombe dessus. Mon attention tendue par le moindre de ses mots vient de claquer comme un élastique. J'entends couiner les semelles de mousse. L'infirmier arrive, visage tendu, pas commode.

Vous vous foutez de ma gueule, ou quoi ? Je vous cherche partout. On avait dit soixante minutes ! Il brandit son portable comme si c'était un chronomètre. Vous avez vu l'heure ? Allez, mademoiselle, on rentre. Il me montre le chemin rouge. C'est par là, la sortie, monsieur.

Nous nous levons et Aurore m'enlace.

Relax Kévin... C'est pas grave... Tu t'es fait engueuler par la vieille ?

L'infirmier s'empourpre et pas que de colère. Une épaisse chaîne dorée brinquebale à son cou. J'ai dit qu'on rentrait, mademoiselle.

Aurore se soude à moi. Une odeur aigre se dégage de son peignoir. Tu sais, Mathias, faut pas regretter pour Charlotte, tu étais trop bien pour elle. Puis elle éclate soudain en sanglots. Des pleurs sonores, des pleurs qui vous traversent le corps. Je ne sais plus quoi faire.

Kévin s'approche. Monsieur...

Et là, Aurore pousse un cri comme je n'en ai jamais entendu. Même dans les films. Plus tard, je pense au hurlement à la mort d'un chien. À son équivalent humain.

L'infirmier se montre professionnel. Il me détache d'elle comme on déferait un nœud marin. Elle pleure toujours et des gémissements irréguliers continuent à sourdre de sa poitrine. Sans un mot, Kévin m'indique encore la direction à prendre. D'un coup, Aurore paraît avoir sombré en elle-même. Je les vois s'éloigner sans qu'elle ne manifeste aucune résistance. Il n'y a plus la moindre élégance dans sa démarche.

J'attends quelques instants avant de partir dans l'autre sens. La marcheuse passe une nouvelle fois. Au loin, l'homme en tailleur est toujours statufié. Je presse le pas. Le reste du parc est désert et je n'en vois pas la fin.

Le grondement du tracteur m'éjecte du sommeil. Le conducteur de l'engin est face à moi, à peine à deux ou trois mètres. Sourire narquois. Ma voiture obstrue un sentier le long d'un champ de maïs. Je démarre aussitôt et fais marche arrière. Avec cette sensation d'un réveil trop brutal. Comme si je fuyais une menace. À l'horloge du tableau de bord, il est plus de quinze heures. Je me souviens que je suis parti du Grand Air vers onze heures et quelques. Peu après, je me suis arrêté pour déconnecter mon enregistreur et vérifier qu'il avait bien fonctionné. Puis j'ai senti mes yeux se fermer.

Maintenant, la lumière m'éblouit. Je songe d'abord à Ida. Elle doit avoir achevé son service depuis longtemps. Sa présence me manque. Elle m'aiderait à remonter plus vite à la surface. Je ne veux penser qu'à elle. Occulter les mots d'Aurore, sa douleur, sa souffrance.

Mon téléphone vibre et j'entrevois sur l'écran le visage de ma mère. Peu après, l'icône messagerie apparaît. Elle n'est peut-être pas la seule à avoir tenté de me joindre. Je m'arrête au premier parking. Le message audio est interminable. Ma mère se désole de ne pas avoir de mes nouvelles. Si tu savais comme il fait beau ici… Écoute, mon chéri, le fils de William se remarie… Il y aura une fête subliiiime… Ça me ferait trop plaisir que tu sois avec nous... Confirme-moi vite. Je t'aime, mon chéri... William t'offre le voyage naturellement... En Business, ça te va ?

La mère d'Aurore a déjà appelé et laissé deux textos semés de points d'interrogation. Je ne vois vraiment pas comment je vais m'en sortir avec elle. *En fait, leur seule obsession, c'est l'oubli.* Ils n'ont jamais écouté leur fille. Elle a fini par se taire. À bien y réfléchir, la seule chose qu'on attend de moi, c'est un bulletin de santé, optimiste de surcroît. La mère a insisté. Nous, on ne sait plus, mais toi, toi qui l'as connue *avant*... On m'a aussi doté d'un pouvoir surnaturel : le prince qui briserait le maléfice et réveillerait la Belle au Bois dormant.

Et nous aurions beaucoup d'enfants.

Mon problème n'est pas de voiler la vérité à qui que ce soit. Seulement je ne sais plus où se situe cette vérité ni surtout s'il y en a une. Ce dont j'ai été témoin m'a laissé perplexe. Le Grand Air est un genre de pénitencier thérapeutique qu'on ne doit pas quitter sur un claquement de doigts. Quelques-uns des patients que j'ai entrevus ne sont pas près d'en sortir. Mon entretien avec la directrice m'a rendu dubitatif. Pourquoi autant de précautions oratoires ? Le moins qu'on puisse dire, c'est que je n'étais pas le bienvenu. L'infirmier s'est montré aussi désagréable que sa supérieure mais plus par je-m'en-foutisme qu'autre chose. J'ai davantage été intrigué par la familiarité qu'a manifestée Aurore à son égard. Au-delà du cadre sécuritaire de l'établissement, il me semble qu'une autre vie clandestine, en tout cas plus humaine, s'y déroule.

Le plus délicat sera de livrer mon ressenti concernant l'état d'Aurore. Je n'ai aucune compétence en la matière. Pourtant, le récit décousu qu'elle m'a fait des années passées, ses chutes de tension, son invitation à faire l'amour, ce mélange entre extrême lucidité et confusion totale, tout cela m'a dérouté. Jusqu'à cette fin déchirante de folie. Ces sanglots, ce hurlement à la mort. Elle m'a serré si fort dans ses bras.

J'ai un dernier message. Ida m'a adressé un Coucou ! auquel je réponds par un autre Coucou ! Ma seule certitude, c'est qu'il faut que je la préserve de cette histoire autant que possible. Le téléphone vibre de nouveau. La mère d'Aurore. Je prends l'appel. À sa voix, je comprends que je ne pourrai plus reculer.

Le portail est ouvert et je gare la voiture dans leur cour. Ils m'attendent sur la terrasse. Le prince charmant est fatigué et a besoin de boire un coup, sauf qu'il n'est même pas dix-sept heures. Peut-être qu'on me proposera une bière. Je ne sais pas quel visage j'affiche. Souriant, mais pas trop. Elle m'embrasse comme un fils. Lui se montre plus chaleureux que la première fois. Viens, entre. Tu as soif ? Je ne laisse pas le choix. Si vous avez une bière.

J'absorbe les trois quarts de mon verre. Je n'ai pas mangé depuis ce matin et l'effet ne tarde pas. Madame Gallois s'installe sur l'accoudoir d'un fauteuil, au plus proche de moi. Lui reste debout, comme cramponné à sa mini bouteille de jus de pomme. Le chat Michel émerge de sous un meuble. Il s'installe à son tour face à moi.

Alors ?

Bon. Vaporiser. C'est le juste terme pour ce que je m'apprête à faire. Je veux d'abord insister sur la résidence. L'accueil qu'on m'y a réservé et la dimension carcérale du Grand Air. Mes mots ne viennent pas. Bière, fatigue et points de suspension. Je flotte. Je dérive. Et Michel me fixe.

Le couple écarte aussitôt mes doutes sur l'établissement. Madame Steiger est une femme de caractère et surtout d'expérience. Des amis communs les ont présentés à Irène lors d'une soirée Rotary. C'est vraiment une dame bien. Et sympa ! Le père acquiesce ou précise. Si tu savais comme elle nous parle des patients Elle les connaît tous par cœur ! Donc de ce côté-là... Mais bon, Aurore... Tu l'as trouvée comment ?

Mon verre est vide. Aurore ?

Tu l'as trouvée changée ? Avec tous ses soucis, elle est encore très belle, non ?

Comment vais-je m'en sortir ? Je n'ai surtout pas envie de mentir. Oui, elle est très belle. Je crois que le problème...

Je l'ai eue au téléphone tout à l'heure... Ouiii... Avec Irène, c'est tellement facile.

Le père l'interrompt. Mathias allait parler d'un problème...

La mère me fixe d'un sourire de vendeuse. Un problème ?

Oui. Enfin non. On ne peut pas dire les choses comme ça. Mais...

Mais ?

Je suis en train de couler. Avec une intime conviction : ces gens ne m'écouteront pas. À contrecœur, j'applique donc un vague plan B.

Elle était contente de me voir, Aurore ?

C'est rien de le dire... Elle t'a trouvé tellement...

Tellement ? Qu'est-ce que cette fille a bien pu raconter à sa mère ? J'essaie d'imaginer un raccord entre la dernière scène du chemin rouge et cette conversation téléphonique. À boire ! Je saisis mon verre vide, fais mine d'y absorber une dernière gorgée, sans succès.

Irène aussi t'a trouvé très bien.

Ah... Elle m'a trouvé sympa ?

Je n'en crois pas mes oreilles. Il faut que je m'en aille au plus vite. Mon portable bipe. Encore ma mère. Réponds-moi, mon chéri ! Et plein de cœurs. J'en profite pour inventer. C'est mon père... J'avais complètement oublié... Nous avions un rendez-vous...

Une onde de contrariété fripe leur visage. Les yeux du chat ne me lâchent pas. Au même instant, le très proche ronflement d'un karcher ou d'un générateur transperce nos paroles.

On voulait te garder pour le repas. Des quenelles sauce Nantua, je crois que tu aimais ça autrefois. Enfin bon. Si c'est ton père.

J'extrais mon portable, invoque encore cet imprévu, la fatigue. Le bruit de l'engin parasite certaines phrases. Je suis parvenu dans le hall quand elle prend ma main dans la sienne. Vous iriez si bien ensemble.

Je souris en reprenant ma main. Vous croyez ?

Nous sommes sur la terrasse. L'air est encore tiède ou c'est moi qui transpire de l'intérieur. L'engin ronfle derrière la haie de lauriers. Une tronçonneuse en fait, un son de plus en plus strident.

Tu vas retourner la voir quand ?

Je fais mine de tendre l'oreille et manque de rater une marche.

Très vite ! On se tient au courant !

Porte claquée. Moteur. Sourire. Petit coucou. Marche arrière. Dernier coup d'œil. Ils sont toujours dans la cour à me regarder manœuvrer. Mal pour eux. J'ai soif.

Dans l'absolu, il me faudrait transiter par un sas. Une terrasse de bar et deux gin-tonics auraient aidé. J'ai surtout envie de rentrer à l'hôtel. Prendre une douche, m'allonger sur mon lit et tout oublier. Enfin quelques heures. Du gin et du tonic, j'en ai dans ma chambre. Je veux surtout revoir Ida.

Elle est déjà à la réception en train d'enregistrer un couple anglophone. Je lui adresse un petit signe et son air de surprise me touche. Arrivé dans ma chambre, je ne peux m'empêcher de lui envoyer un Hello. Ça n'engage à rien. J'ai seulement envie qu'elle me réponde.

Je me déshabille entièrement et je gobe un premier verre. Frisson électrique. Le second, je l'absorbe à petites gorgées, debout devant la fenêtre. La lumière de fin de journée rend l'autoroute photogénique. J'entrouvre pour laisser entrer sa rumeur. C'est bon de se sentir absent au reste. La fraîcheur s'immisce maintenant. Je laisse s'étirer cet instant puis je rejoins la douche. Les images reviennent vite. Je repense aux fantômes que j'ai entrevus dans le couloir sombre du Grand Air, au raclement de leurs semelles, à la marcheuse, à l'homme en tailleur.

Le hurlement d'Aurore.

Mes yeux me piquent, mes jambes deviennent douloureuses et molles. Je suis épuisé. L'alcool est en train de m'achever et l'eau n'y peut rien. Je vais m'étendre, je ferme les yeux et quand je les ouvre de nouveau, la chambre est plongée dans l'obscurité. Pire : il est 1 h 27 à l'affichage du réveil.

Quatre messages d'Ida.

On boit un verre en bas ?

Ça va ?

Bonne nuit !

Vous serez encore là demain ?

Le dernier message date d'à peine une heure. Je suis tenté d'appeler, mais non. Pas la peine de passer pour un foutraque, j'en ai assez vu la veille.

La fenêtre est plus qu'entrebâillée. Je jette un œil sur le parking pour vérifier. Plus de scooter. La rumeur de la circulation est l'unique bande sonore. Une volée de flèches dans le grand couloir de l'autoroute.

Désormais, je suis totalement éveillé et j'ai une faim de bête sauvage. Une nouvelle nuit blanche ? Pas question. Aller quémander un encas au gardien serait hasardeux. Pas envie d'enquiller des cognacs jusqu'au petit matin. J'avale un Stilnox et programme mon réveil pour sept heures. Un dernier tour à la fenêtre et une rasade d'air frais.

Je veille à ce que le store ne laisse plus filtrer la moindre particule de lumière.

Mon père et sa compagne se sont envolés pour l'Égypte. Je garderai la maison, je suis même censé y dormir, j'irai surtout y passer mes journées et y écrire ce que j'ai encore appris de cette histoire. Je calquerai mon emploi du temps sur celui d'Ida. Je dormirai à l'hôtel pour continuer à la voir le soir et le matin. J'espère simplement que je ne me fais pas de films la concernant. Parfois, quand elle parle à un client, je surprends le même sourire que celui qu'elle m'adresse. Rien que ce genre de détails me trouble. Et pourtant. J'ai conscience d'être souvent au centre de ses attentions. Seulement, notre relation demeure en suspens. Nos pudeurs respectives, nos passifs, nos attentes, tout cela fige les choses.

Pour ma part, je dois d'abord en finir avec l'affaire Wexler. L'enregistrement est d'assez bonne qualité mais il faut se rendre à l'évidence. Le décalage est plus que flagrant entre les premiers mots que je tente de poser sur mon écran et la voix d'Aurore, qui s'est révélée si passionnée et persuasive. À la réécouter à froid, loin d'elle, je réalise que j'ai été très bon public. Son récit se perd parfois dans des détails d'une stupéfiante précision mais souvent, tel un canoé en haute mer, on tangue dans le flou, le décousu et, il faut le dire, l'invraisemblable. Il va me falloir retranscrire tout ça. Remettre ces bribes dans l'ordre chronologique. Faire le tri, dérusher. Mais d'abord, il est nécessaire de reprendre mon récit là où je l'ai laissé. À la fin du tournage.

Les langues ont commencé à se délier dès notre retour en classe. Je me souviens de récrés rigolardes. Ça fusait dans tous les sens. Des scènes m'avaient échappé. Des histoires de filles et de garçons, de fille et de fille, de garçons entre eux. On racontait que Cheyenne se promenait nue sur son cheval. Le brun ténébreux se faisait charrier et buvait à présent pour de vrai. La cour du lycée était notre réseau social. Les parents ont dû tiquer à l'écoute de certaines anecdotes. Moi, j'avais d'autres images en tête. Wexler qui dégrafe le chemisier d'Aurore pour faire plus vrai. Ses mains dans ses cheveux auburn. Ses baisers sur son front comme pour la récompenser.

Avec le recul, je mesure à quel point Saint-Antoine était un lycée de l'extrême province. À l'âge que nous avions, le cercle des professeurs nous semblait une sphère hermétique et sans grand intérêt. Que pouvaient penser ses collègues de Wexler ? Avaient-ils des échanges avec lui ? Des relations autres que professionnelles ? Je n'en ai jamais vu un seul à la Villa. Quand je songe à certains d'entre eux, je ne les distingue plus qu'en noir et blanc, telles des figures de films d'une autre époque. Monsieur Baesch, qui nous enseignait l'Histoire, avec ses gilets de maître d'hôtel et ses foulards, ou Madame Griffot, le visage plâtré par le fond de teint et dont l'accent anglais rayait nos tympans. Mes professeurs me paraissaient déjà si vieux.

Wexler aussi avait perdu de sa superbe depuis la fin du tournage. Le silence qu'il savait imposer d'un regard était désormais criblé de chuchotements ou de bruits divers. Les heures de français devenaient pesantes et trop scolaires. Il ne restait plus qu'une quinzaine de jours pour préparer le bac qu'on avait fini par oublier. Tout le monde se foutait de Louis Brauquier ou de Blaise Cendrars. On était encore dans le tournage. Quand est-ce qu'on pourra voir le film, M'sieu ? Wexler prenait des airs. Enfin… Ne soyez pas impatients comme ça… Il y a des dizaines d'heures de rushes, les enfants… La nuit, je dors, moi ! À voir ses traits chiffonnés, on n'aurait pas cru. Même ses vêtements semblaient défraîchis.

Quand elle se détachait d'Aurore, Charlotte manifestait encore des signes de tendresse à mon égard, particulièrement devant les autres. Bisous, main dans la mienne ou sous mon t-shirt, jamais elle n'avait été aussi tactile. Je me laissais faire et je ne me privais pas de la caresser et de manger ses lèvres autant que possible. Par dépit. Charlotte n'était plus qu'un désir d'amour perdu dont on profite pendant qu'il en est encore temps. Pour user d'un terme désuet, j'étais las. J'étais inquiet aussi. Une lourde menace pesait sur les Wexler, le pire risquant désormais de leur arriver. Quelle gorge trancherait-on après celle de Lincoln ? Il en fallait si peu pour passer de tout à rien. Un an ou deux auparavant, un fait divers avait généré dans les médias de nombreux commentaires, interrogations ou hypothèses. Une famille bretonne avait disparu dans d'étranges circonstances. On avait retrouvé des traces de sang dans leur maison, puis c'est tout. Plus rien.

Un soir, la mère d'Aurore a appelé à la maison. Elle voulait me parler. Depuis que leur fille était rentrée de chez les Wexler, elle n'était plus pareille. Pas moyen de la raisonner. Elle passait son temps au téléphone. Et le bac, elle y pensait ? Elle avait traité son père de vieux con. Tu te rends compte ? Tu ferais ça, toi ? Ils n'arrêtaient pas de se quereller avec elle. Pas un repas qui ne se terminait pas mal.

Et le Wexler qui vient la chercher en voiture. Soi-disant pour réviser. C'est normal, ça ? On en a entendu de bonnes sur ce tournage. Ils sont bizarres, dans cette famille. Charlotte, c'est ta petite amie, non ? Tu ne peux pas lui dire quelque chose ?

Si elle avait su le quart de ce que j'avais vu. Si elle avait su pour Lincoln. Pourquoi n'ai-je rien dit ? Il est difficile de se juger vingt ans après. Dans mon esprit d'alors, cette attirance entre un professeur et son élève n'existait que dans les livres. Passé ce dérapage du père, la famille écarterait Aurore comme j'avais été écarté. C'est ce que je croyais. Il suffisait d'être patient, mais je ne me sentais pas d'entrer dans les détails avec Madame Gallois. D'ailleurs, il y avait plus grave. En évoluant au proche contact des Wexler, Aurore était désormais en danger. Pour celui qui était prêt à égorger un cheval, elle représentait même une cible de choix. Il suffisait d'observer ce qui se passait dans la Villa et aux alentours pour choisir la proie idéale. Que fallait-il faire ? Balancer ce que je savais ? Prévenir la police ? Tout était tellement incroyable. Ce n'est qu'à travers le télescope des années que je peux m'observer avec une telle acuité. L'inertie de l'adolescence m'enveloppait comme une bulle. Mon histoire avec Charlotte m'usait et Madame Gallois me fatiguait avec ses questions. J'avais envie de lui raccrocher au nez.

Charlotte m'a un jour invité à passer l'après-midi avec elle. Pour réviser. Son ton et son regard laissaient entrevoir d'autres perspectives. Je ne voudrais pas la faire passer pour une manipulatrice. Même si je le pensais alors. Ce qui m'ôtait quelques scrupules. J'avais une obsession. Faire l'amour avec elle. *Vraiment*. Au moins une fois, et ce serait fini. Elle me devait au moins ça. Sauf qu'en amour personne ne doit rien à personne. Sur la route de la Villa, je bandais en pédalant. J'avais l'image de nos deux corps nus perchés sur notre promontoire de mousse. Je débordais d'images érotiques. Mon père avait quelques pointures dans ses VHS. Jane March dans *L'Amant* ou Liv Tyler dans *Beauté volée* par exemple. Ces filles avaient à peu près mon âge et tournaient en boucle dans mon petit cinéma. Charlotte aussi se donnerait à moi, soupirerait de plaisir puis jouirait en hurlant mon prénom.

Wexler m'a ouvert la porte et détaillé comme un suspect. J'avais mon sac de cours dans lequel j'avais planqué des préservatifs. Je les avais tirés au distributeur de la pharmacie la veille, à la nuit tombée. Il a fait durer une ou deux secondes et, comme si je n'étais jamais venu, il m'a indiqué l'escalier. Elle t'attend.

Au passage, j'ai entrevu Madame Wexler affairée à la cuisine et Cheyenne qui se brossait les dents dans la salle de bain du premier étage. Elle était en sous-vêtements noirs. La maison semblait figée.

La porte de Charlotte était entrebâillée. On peut se faire des câlins ici, c'est bien, non ? Dad nous interdit de sortir. Après ce qui s'est passé

Il aurait été temps de poser des questions, de s'énerver, et même pire. Elle portait un short en éponge et un minuscule débardeur. Nous nous sommes affalés sur son lit.

Elle s'est laissé faire. Du moins, j'ai cru. Elle a débouclé ma ceinture, s'est aventurée dans mon caleçon. Elle a sorti mon sexe et a commencé à le malaxer, de manière approximative. Je bandais quand même.

Dans mon souvenir, ça dure longtemps. Mes mains et mes doigts s'immiscent sous sa culotte. J'ai cette impatience de la première fois. Le préservatif me paraît d'avance une contrariété technique même si jusque-là tout va bien. Charlotte garde toujours les yeux clos.

C'est très brouillon. En tout cas, pour être mouillé, c'est mouillé.

J'attends cet instant où elle et moi serons entièrement nus. Elle ôte mon t-shirt et dans l'excitation, je me suis déjà bien avancé. Jean tirebouchonné sur les mollets, sexe turgescent, comme on dit. C'est dans cette posture que Karl me découvre. La porte n'est pas verrouillée, il entre sans frapper et s'adresse à sa sœur comme si de rien n'était.

C'est ton heure.

Mon heure ? Elle fait mine de ne pas comprendre. Pendant que je me reculotte, je regarde ailleurs. Il y a une valise ouverte à côté de la fenêtre.

Pour toi, c'est repassage. C'est Mam qui l'a dit.

Je la revois se redresser en guise de protestation. Les seins pointés. Dégage de là… Tu vois bien que…

Karl conserve le même aplomb. Il paraît réfléchir, fixe sur moi ses yeux d'enfant paranormal et finit par lâcher : OK. Tu te débrouilleras avec Dad.

Il sort en laissant la porte entrouverte. Charlotte bondit pour la fermer à clef. Reste figée, debout, les yeux au plafond. Putain ! C'est pas vrai…

Ça ressemble à de la rébellion. J'essaie d'y croire. Je parcours ses jambes, sa cambrure, l'ourlet de ses lèvres. Ça sent la dernière fois, au fond, je le sais.

Je m'emplis d'elle. Sa silhouette à jamais.

Elle revient vers le lit, s'effondre sur moi en pouffant. Elle m'entoure de ses bras et je crois qu'elle n'aura jamais été aussi tendre. Cinq minutes de grande tendresse. Nos baisers et le rideau de ses cheveux qui nous éloignent du monde. Ça frappe de nouveau à la porte.

L'épreuve de français du bac avait lieu dans la sous-préfecture voisine, où l'établissement public était centre d'examen. Il a été convenu que l'on se retrouve à la sortie. Wexler nous avait convoyés le matin et devait nous reprendre à midi. En l'attendant, on s'est assis sur les marches à l'entrée du lycée. Des grappes d'élèves discutaient et riaient bruyamment. C'était le grand défouloir.

J'ai été le seul à distinguer l'homme en costume bleu métal. Parce qu'il était immobile, qu'il nous regardait et que j'étais sûr de l'avoir déjà vu. Dans la forêt. Aujourd'hui, je dirais même que c'était l'un des deux occupants de l'hélicoptère. Il était à moins de trois mètres de nous. Charlotte m'a demandé ce que j'avais. Rien.

Je suis là, les enfants. Dad a surgi de nulle part. Sa main n'a pu s'empêcher d'effleurer Aurore. Ça s'est bien passé ? Peut-être a-t-il repéré le type à la même seconde. Ça a été très bref. Les deux hommes se sont considérés. Wexler l'a toisé, a même paru le fixer dans sa mémoire comme un photomaton. L'autre mastiquait un chewing-gum.

On y va, les jeunes ? En montant dans la voiture, Charlotte a heurté du genou la boîte à gants. Le temps qu'elle la referme, j'ai entrevu la forme d'un pistolet.

L'anniversaire de Charlotte. Ciel pur, température idéale. Mais nous déjeunions à l'intérieur. Le salon de jardin n'avait pas servi depuis longtemps. Wexler a verrouillé l'entrée, je l'ai entendu. Le repas me semblait se dérouler en mode accéléré, même si les burgers de Madame Wexler étaient toujours aussi exquis. Son mari quittait souvent la table. Karl aussi. Je crois que ce dernier faisait office de guetteur. Il n'arrêtait pas de monter et descendre les escaliers. Sa carabine était-elle planquée près d'une fenêtre ? Son père reniflait beaucoup. Ses yeux luisaient. Cheyenne picorait et planait. Je ne sais pas à quoi elle tournait, c'était du lourd. Parfois, une forme de bonne humeur irriguait la tablée, puis ça retombait. Nous en étions au gâteau maison quand la clochette du portail a retenti.

Karl a dévalé de l'étage et soufflé quelque chose à l'oreille de son père. Aurore s'est levée. C'est mes parents ?

Sans répondre, le Saint-Père a déverrouillé la porte et pris la direction du portail. Karl l'a suivi comme pour le couvrir et scruter les alentours. Grincement métallique. Éclats de voix. Les Gallois étaient déjà dans la pièce. La mère s'est aussitôt retournée en direction de Wexler.

Maintenant, c'est fini ! Notre fille ne mettra plus les pieds chez vous ! Vous entendez ?

Monsieur Gallois était légèrement en retrait. Il parlementait des yeux avec Aurore. On mesurait à quel point il n'aimait pas les esclandres.

Madame Wexler s'est approchée et a posé sa main sur l'épaule de Madame Gallois. Ne me touchez pas ! Ses yeux sont tombés au hasard sur Cheyenne, qui n'a pas bougé de sa chaise et affichait un sourire illisible.

On en a assez de votre famille de tordus.

Aurore a soufflé OK c'est bon, Maman, on y va.

Son regard était connecté à celui de Wexler. L'air de lui signifier : C'est pas grave.

Karl était toujours dehors, mais où ? J'aurais bien aimé savoir ce que pensait son père à cet instant. Il ne cherchait même pas à jouer l'indignation. Madame Gallois n'attendait que ça. Exploser.

Elle en a remis une dernière couche pour se soulager. Je sais, oui, je sais, vous avez des dettes partout ici ! Vous payez même pas votre loyer ! On sait tout, vous voyez ! Vous êtes des gens malhonnêtes !

N'en rajoute pas... Monsieur Gallois a pressé sa femme et sa fille vers la sortie. Personne ne se regardait. Moi, j'ai juste relevé un détail : Aurore portait le short en éponge de Charlotte.

Un adulte se serait effacé discrètement, mais j'étais toujours là. Karl a surgi, d'où ? Le verrou a claqué. Madame Wexler a entamé une phrase en anglais puis s'est reprise. Bon, on ne va pas se priver de dessert, tout de même ! Son accent étranger pointait, fébrile, évident. Elle m'a adressé un long sourire.

Wexler a détruit le fraisier en le découpant. Je ne l'avais jamais vu aussi pataud. Il mangeait n'importe comment. Karl aussi. Madame Wexler a eu un rire d'Américaine folle en regardant ses hommes. Cheyenne a roulé un joint.

Le fraisier était une tuerie, je me suis empressé de dévorer ma part car je sentais venir la fin. Charlotte a planté sa fourchette dans son gâteau, ça crissait dans l'assiette et elle a éclaté en sanglots.

Il vaudrait mieux que tu rentres chez toi, Mathias. J'ai fait mine de n'entendre que ma propre volonté. J'ai délicatement posé ma cuillère. Me suis levé. Ai moi-même déverrouillé la porte et j'ai disparu sans un mot.

Réveil, révisions, repas. Avoir un tel cadre me rassurait. Je déambulais en caleçon dans la maison et ne voyais personne. Diximus était parti s'isoler chez sa grand-mère dans le Massif central. Les cours de Wexler se révélaient un vrai foutoir rempli de digressions. J'ai passé quelques heures à la médiathèque à composer des fiches bristol. On m'apportait tout ce que je demandais et je bénéficiais d'une paix royale. Le clocher voisin rythmait mes heures de labeur. Au retour, je me défoulais avec mon vélo. Le nouveau skatepark semblait à l'abandon. J'y poussais des hurlements comme si je franchissais des dunes dans le désert. Il faisait chaud. J'aimais transpirer et prendre de longues douches après. Je devenais un vrai pro des spaghettis à la bolo. Mon père nous achetait des framboises qu'on mangeait avec de la chantilly devant *Loft Story*.

Aurore passait l'oral le deux juillet, moi le trois. J'ai effectué le trajet en bus pour la ville voisine. C'est fou ces images banales qui s'incrustent dans votre mémoire, cette lumière dans le véhicule scolaire, son souffle, sa porte qui gémit chaque fois qu'elle s'ouvre. Dans mon esprit, Charlotte a été amenée par son père. J'ai anticipé une éventuelle rencontre. Il n'était pas question de gâcher mon épreuve ou même d'avoir des remords ou des regrets, je ne savais pas encore faire la différence. J'attendais dans un couloir sombre et moyenâgeux. Trois chaises et une fille qui revoyait ses fiches sans m'adresser un regard. Je suis tombé sur un poème d'Apollinaire, « Zone ». *C'était et je voudrais ne pas m'en souvenir c'était au déclin de la beauté.* J'adorais cette phrase sans trop savoir pourquoi. L'examinatrice avait su me mettre à l'aise et je m'en suis plutôt bien sorti. C'était enfin l'été. Trajet retour en car. Lumière dorée sur la plaine. J'avais envie de pizzas, de voir la mer et mes grands-parents. La normalité, quoi. Ce soir-là, Madame Gallois m'a appelé en larmes. Aurore avait disparu. Les Wexler aussi.

Le lendemain, j'ai été convoqué à la gendarmerie, où mon père m'a accompagné. Je n'ai pas eu l'impression que les deux hommes face à moi évaluaient la gravité de cette affaire. Moi non plus d'ailleurs. On m'a quand même signifié que j'étais un témoin important.

D'après ce que l'on a compris, mon garçon, tu es le seul à avoir passé du temps avec les personnes disparues.

J'ai aussitôt réalisé qu'ils ne me prenaient pas au sérieux et c'est sans doute pour ça que je n'allais rien lâcher. Un des gendarmes a bâillé en feuilletant ses documents. L'autre s'est concentré sur le clavier de l'ordinateur. Mes réponses courtes ne leur laissaient pas le temps de réfléchir. Les deux hommes s'y perdaient avec les prénoms des enfants Wexler. Aurore comment déjà ? On aurait dit qu'ils jouaient au Cluedo. C'était une journée très lourde, d'après mes souvenirs. Même avec la fenêtre ouverte sur la place, on étouffait. Bichel, le procureur et, comme on sait, ami de la famille Gallois, a fait une incursion dans le bureau. Il s'est présenté et s'est assis un moment. Les enquêteurs se sont mis à me parler comme des infirmières scolaires. Bichel avait l'air d'étudier ses mains tavelées, il ne regardait personne.

La nouvelle de la disparition a été révélée avec un certain retard. Mais dans notre petite ville, les langues se sont déliées. Des parents d'élèves réclamaient des explications. Ce professeur, tout le monde le trouvait bizarre en fait. On reparlait du tournage. Ses participants se lâchaient davantage. Sur les saouleries, les délires de Wexler et les scènes avec Aurore. La direction du lycée a été assez habile pour amortir le scandale. Les vacances avaient déjà commencé.

Mais une certaine agitation s'est prolongée dans les jours qui ont suivi. Des fourgonnettes bleues et des berlines grises sillonnaient la ville. Un hélicoptère survolait champs et forêts de jour comme de nuit. Des hommes-grenouilles ont exploré l'étang, la rivière et les plans d'eau voisins. On a déterré le cadavre de Lincoln.

J'ai été de nouveau convoqué à la gendarmerie. Mon père était en déplacement cette fois. Ça ressemblait davantage à un interrogatoire. Un gradé et un autre en civil m'ont questionné à tour de rôle et n'ont cessé de prendre des notes. On m'a parlé du cheval, de l'état dans lequel on l'avait trouvé. On m'a demandé si j'avais enregistré des détails ou des comportements bizarres chez les Wexler. Je me voyais mal changer de version et je me suis ensablé dans mon témoignage minimal.

C'était une famille très secrète, vous savez.

Et le père alors ? Tout le monde dit qu'il avait hum... (raclements de gorge, toux) des relations avec Aurore. Vous n'avez rien remarqué ? J'ai répondu qu'ils semblaient très complices.

Le civil s'est tourné vers le gradé en souriant, et de nouveau vers moi. Et vous, vous étiez complice comment avec Charlotte ? On était amoureux, mais j'ai cessé de l'être. J'ai dû produire une phrase dans ce genre, un peu précieuse en tout cas. D'une certaine manière, c'était la vérité.

On peut savoir pourquoi, Mathias ? Je me revois abattre une autre carte. C'est comme ça, la vie, non ? Mes parents sont séparés et... OK, OK, Mathias... Le gradé abusait de mon prénom, ça m'agaçait, cette familiarité. Mais plus ça allait, plus je me trouvais crédible.

À un moment, Bichel est encore passé derrière la cloison vitrée et m'a adressé un petit signe.

Je ne savais qu'à moitié pourquoi je m'obstinais dans ce registre. C'était comme un jeu où je me mesurais à des adultes, et pas n'importe lesquels. J'avais pourtant bien conscience du risque que j'encourais. Si on retrouvait les disparus, quelqu'un finirait par avouer. Et ce serait autre chose. Cette petite ville et ses petits codes m'étouffaient. J'avais déjà l'impression que ma vie était ailleurs, l'envie d'être à mille lieues d'ici. D'une certaine façon, j'y étais déjà, je me sentais inatteignable.

Même si je n'en avais qu'à peine conscience, la *vraie* raison de mon petit jeu était plus limpide : j'admirais encore cette famille Wexler. Je la trouvais romanesque et j'en couvrais les agissements. À mes risques et périls. Il y avait les gendarmes, il y avait également les voleurs. Ou du moins ceux qui avaient poussé la famille à prendre la fuite. Pas besoin d'être très malin pour imaginer le scénario. Wexler participait à un trafic et avait dû embrouiller ses associés. Ces derniers n'allaient pas lâcher le morceau comme ça. S'il leur fallait remonter une piste, ils commenceraient comme la police, par les témoins. En tout cas, ils n'allaient pas rester inactifs.

J'en avais d'ailleurs eu très vite confirmation. Encore une preuve de mon inconscience, j'ai cherché à mener ma propre enquête. J'ai débuté par l'église, toujours ouverte et toujours aussi vide. Mon côté Sherlock Holmes me laissait penser que j'y trouverais une cache. C'était puéril, je sais, mais j'avais du mal à voir Cheyenne en jeune fille pieuse. Sa vie incertaine en faisait une parfaite complice de son père. Sauf qu'à part dans le confessionnal, où je suis allé m'asseoir une nouvelle fois, il aurait été difficile de dissimuler quoi que ce soit dans la maison de Dieu.

Je suis retourné dans la forêt et j'ai passé un certain temps à explorer les abords de ce local technique que nous appelions la maison du KGB. Frappée du sigle Service des Eaux, la solide porte métallique y donnant accès était toujours aussi close. C'est là qu'un jour, j'avais également entrevu Cheyenne. Mais pourquoi se focaliser sur ce lieu ? Pour celle qui partait des journées entières avec Lincoln, les cachettes étaient aussi innombrables que les arbres de cette forêt sans fin.

Un après-midi, je me suis posté en haut de la colline. Allongé dans l'herbe, muni des jumelles de mon père. Au rez-de-chaussée de la Villa, je devinais les va-et-vient des silhouettes blanches de la police scientifique. Le flash d'un appareil photo produisait une lueur irréelle du côté de la cuisine. Des hommes déchargeaient encore du matériel d'une camionnette. Ce devait être le début des investigations. Pourtant en haut de la maison, quelqu'un a ouvert la fenêtre dans la chambre de Charlotte : c'était Bichel. Il est resté un moment à scruter les alentours. J'ai fini par m'aplatir sur le sol et disparaître.

En fin de journée, je suis revenu à mon poste d'observation. Dehors, les techniciens étaient en train d'ôter leur combinaison. La chaleur persistait et on devinait à leurs traits une grande lassitude. Un gendarme s'appliquait à dérouler du ruban jaune sur la porte d'entrée. Le massif de fleurs qui bordait la Villa était dans un piteux état, certains rosiers avaient été fauchés par la Ford et personne ne paraissait s'en être occupé depuis. Plus loin, le trou dans lequel nous avions enterré Lincoln avait été piqueté et balisé. La grange voisine, également. Une gendarmette y était adossée et passait un coup de fil en fumant une cigarette.

Tout le monde a fini par s'en aller. C'était étrange de découvrir la Villa baignant à nouveau dans une apparente tranquillité. Sur l'étang, le faux aileron de requin avait été détaché et entreposé sur le ponton, tout enrubanné de jaune, telle une accablante pièce à conviction. Ces mètres d'adhésif me semblaient dérisoires vus d'en haut. Pas vraiment dissuasifs en tout cas. Ce n'était pas ce qui m'empêcherait de pénétrer dans la Villa et d'y mener ma propre inspection. Je sais, c'était présomptueux et encore une fois inconscient de ma part.

Au moment où j'allais entamer ma descente vers la propriété, une silhouette a surgi de l'arrière de la grange. Fixée dans mes jumelles, il s'agissait d'un homme d'une trentaine d'années plutôt malingre, avec un jean trop grand. Il portait un sac en plastique genre supermarché. Il s'est dirigé droit sur la porte d'entrée, a plongé la main dans son sac d'où il a extrait des gants et une pince. Ça a duré à peine quelques secondes, à croire que la porte n'était même pas fermée à clef, et le type s'est introduit dans la maison en refermant derrière lui.

J'ai abord senti mon ventre se tendre ou se rétrécir. S'il me fallait une preuve que la famille était surveillée et pistée, c'était fait. Les complices de Wexler n'avaient pas lâché le morceau. Ils fouinaient et menaient leur enquête à leur manière. S'ils remontaient jusqu'à moi, ils ne s'embarrasseraient pas de politesse pour me questionner. Des images m'ont glacé. L'homme en costume bleu métal. La tête de Lincoln. La scène de la tronçonneuse dans *Scarface*. Bizarrement, la panique est retombée aussi vite qu'elle était montée. L'intrus sortait déjà de la maison. Il y avait passé moins d'un quart d'heure.

La première chose qu'il a faite, c'est s'allumer une cigarette. Il a sorti son téléphone. La communication n'a pas duré. Il est revenu vers la porte et a vaguement remis en place le scellé jaune. Un véhicule est arrivé dans la minute. Je ne pourrais plus dire la marque, quelque chose comme une Fiat Punto. De la musique s'en échappait. Le type au sac plastique a rejoint la voiture. Il s'est d'abord accoudé à la portière pour discuter avec le chauffeur. Un reflet sur le pare-brise me masquait son visage. L'autre a fini sa cigarette, il a fait le tour de la voiture pour y prendre place et augmenter le volume de la musique. Marche arrière, demi-tour et le petit engin s'en est allé.

J'ai attendu une bonne dizaine de minutes avant d'entamer ma descente jusqu'à la Villa. Le type au sac n'avait eu qu'à décoller les bandes jaunes Gendarmerie nationale pour entrer. Je n'en revenais pas. J'ai pris soin d'ouvrir avec mon coude. Encore que mes propres empreintes n'auraient rien eu ici de suspect. Le rez-de-chaussée, je le connaissais trop bien. Une seule chose m'a pourtant frappé. Les cadres vides. Toutes les images représentant des membres de la famille avaient disparu. C'était comme si les Wexler avaient voulu effacer les traces de leur passage, non seulement ici mais ailleurs. Et ailleurs, c'était où ? Je n'avais jamais prêté attention aux arrière-plans des photos. Pas moyen de savoir où elles avaient été prises. De vagues impressions de terre ocre et de ciel bleu azur flottaient dans ma tête. Mais ça ne voulait rien dire.

J'ai enfin pénétré dans le bureau de Wexler. Là encore, surprise. J'attendais des pans de murs garnis de livres rares et je n'ai trouvé que quelques rayonnages, moitié volumes de poche moitié manuels scolaires. Sur sa table de travail, un paquet de copies du bac de français risquait d'attendre longtemps. Un cartable gisait à même le plancher, vide. Peut-être qu'il l'avait toujours été. Sur une chaise, la caméra du lycée, magasin ouvert. Pas une cassette, rien. L'ordinateur avait, je suppose, été saisi par les enquêteurs. Dernier détail : une robe de chambre en épaisse laine bordeaux était accrochée à une patère. Soudain, une question m'a assailli, comme une évidence. Wexler avait-il déjà été prof dans sa vie ?

Je n'étais jamais entré dans la chambre des parents ni dans celle de Karl ou de Cheyenne. C'était comme visionner un arrêt sur image. La vie s'était arrêtée d'un coup. Lits défaits, vêtements en désordre, placards grand ouverts. Pompéi ou Tchernobyl. Une sorte de pudeur m'a retenu de remuer ces effets personnels. Un poster de Lincoln (le cheval) à moitié déroulé paraissait avoir été abandonné au dernier moment dans le couloir. Dans la salle de bain, une serviette trempait dans la baignoire encore à moitié emplie.

Au second niveau, la chambre d'amis, où était censée dormir Aurore, était une pièce vide avec une ampoule qui pendait du plafond. Pas de fenêtre, un matelas au sol et une chaise sur laquelle était posée une minuscule lampe d'enfant.

Cette visite n'avait aucun sens. À quoi m'attendais-je ? Je n'avais pas l'intention de m'attarder plus longuement dans la chambre de Charlotte. La porte était entrebâillée, la guitare folk contre un mur, la couette rose à même le sol. Je n'ai pas pu m'empêcher de m'allonger sur le lit et d'enfouir mon visage dans l'un des oreillers. Le parfum de son eau de toilette y persistait, mêlé à celui du linge qui sent bon. J'ai cueilli un cheveu sur le matelas, l'ai brandi dans la lumière déclinante.

Un dernier tour dans les caves. C'est là qu'il nous arrivait avec Charlotte de nous isoler du reste de la Villa. C'est dans ces nombreuses pièces, et pour certaines sans lumière, que nous jouions avec nos désirs. Elle disparaissait dans le noir en pouffant. Le cache-cache ne durait pas. Sa respiration saccadée et ses petits rires suffisaient à me mettre sur sa piste. Tu as les mains froides, me susurrait-elle lorsque je m'aventurais sous ses vêtements. Seul d'ailleurs le froid de l'hiver avait fini par nous chasser. Un jour, nous n'y étions plus retournés, comme des enfants qui passent à autre chose.

La lampe-torche était toujours accrochée à son clou. J'ai descendu l'escalier de pierre et parcouru les pièces les unes après les autres. L'odeur humide me rappelait le sous-sol chez mes grands-parents. J'ai braqué ma lampe dans les recoins, cherché une cachette dans la chaufferie. Rien. Tout était toujours aussi vide. Le sol en terre, bosselé, imparfait, aurait pu recéler un cadavre, mais nulle part la terre ne paraissait avoir été remuée. Je suis remonté à la surface et après une visite de la grange, j'ai considéré l'étang.

Non, Mathias, quand même. Il s'en est fallu de peu. Que je fonce chez moi chercher mes palmes, mon masque et mon tuba.

Sur le chemin du retour, d'autres questions ont dû m'agiter. Le type au sac avait-il trouvé quelque chose, lui ? Sa brève visite ne m'avait pas paru très fructueuse. Que cherchait-il en fait ? Je ne parvenais pas à connecter les fils. Qui étaient ces minables ? Avaient-ils un lien avec d'autres complices, capables eux de se déplacer en hélicoptère ? N'étaient-ils que des sous-fifres envoyés par l'homme au costume bleu métal ?

Je regrettais de ne pas avoir poussé davantage mes propres recherches. Karl avait-il emporté sa carabine et son arbalète ? Déjà qu'il y avait une arme dans la boîte à gants de la Ford. Par ailleurs, la chambre de Cheyenne aurait mérité un examen plus approfondi. Certains détails m'auraient peut-être parlé. Quant à ce Bichel qui fouinait partout, je trouvais qu'il en faisait un peu trop à sa guise.

J'ai dû songer aux cassettes et à ce film que nous ne verrions jamais. Wexler avait-il vraiment cru à ce projet ? J'aurais bien aimé nous revoir dans ces scènes de rivière et d'embuscade.

La tiédeur de l'après-midi transpirait encore du bitume. J'adorais ce moment de l'année, cette heure où il faisait si doux pédaler entre champs et sapins.

Aurore était réapparue deux ou trois jours plus tard. À la gare de Trieste. C'est Madame Gallois qui me l'avait annoncé au téléphone. On l'a retrouvée ! J'étais soulagé pour elle, pour ses parents, mais une voix me soufflait que son retour pouvait m'attirer de gros ennuis.

Qu'avait-elle fait durant ces quelques jours ? L'avait-on forcée à partir ? À revenir ? Qui l'avait déposée dans cette gare ? D'où venait-elle ? À ce moment, je n'en savais pas plus. J'ai le souvenir que Monsieur Gallois et Bichel avaient accompli le trajet en voiture pour la récupérer.

D'ici peu, j'allais partir chez mes grands-parents dans le sud. Il me fallait savoir au plus vite ce qui s'était passé et ce qu'Aurore allait raconter à la police. Aussi, je multipliais les coups de fil pour prendre de ses nouvelles.

Quand j'ai pu lui rendre visite, j'ai compris deux choses : primo, les parents, coachés par leur ami le procureur, feraient tout pour étouffer l'affaire. Secundo, leur fille n'était pas près de livrer ne serait-ce qu'une seconde de sa *fugue*. Le lycée se chargerait à travers ses réseaux de répandre cette version. Tout était rentré dans l'ordre. Quant aux Wexler, c'était une famille aux abois, criblée de dettes, qui n'avait jamais payé ses impôts ni ici ni peut-être ailleurs, si tant est qu'il y ait eu un ailleurs. Pas compliqué non plus d'élaborer une légende à partir de ça. Le procureur allait éteindre une à une toutes les interrogations. Je ne sais pas ce que ce Bichel a appris durant les semaines et les mois qui ont suivi. Il est probable qu'il ait accumulé assez d'informations pour comprendre qui était ce Wexler. Il est également possible qu'il n'ait jamais partagé ce qu'il avait appris. Avec personne. L'homme croyait bien faire. Et ensuite, il était mort.

Allongée dans la pénombre de sa chambre bleu pâle, Aurore pouvait faire illusion. Elle me donnait en réalité l'image d'une femme qui jouait à la petite fille. Lorsque sa mère nous avait laissés en tête-à-tête, j'ai perçu à quel point le grain de sa voix n'était plus le même. L'enfant endormie que j'ai trouvée en arrivant s'adressait à moi avec une assurance que je ne lui avais jamais connue. C'est elle qui m'a questionné. En réalité, elle n'attendait que des confirmations. L'autre lui en avait déjà parlé. L'autre, c'est-à-dire Bichel.

Et toi, Aurore, tu ne peux rien me dire de plus ?

Non. Plus tard. On verra...

Sinon, ça va ?

Oui, ne t'inquiète pas. Je suis fatiguée là, je vais dormir...

Je restitue de mémoire, mais c'était à peu près ça, avec cette manière de me congédier comme un petit page. Son assurance me déconcertait. Surtout après l'épisode qu'elle venait de vivre. J'ai quitté la pièce sans insister. La mère a bondi de son fauteuil dans le salon. Alors ? Tu la trouves comment ? J'ai répondu ce qu'elle voulait entendre et assuré que je reviendrais.

Me voilà provisoirement seul chez mon père. Plutôt que de m'installer dans mon ancienne chambre de fils, j'ai opté pour la cuisine. Elle est claire et donne sur le jardin. La pièce a peu bougé depuis l'époque où mes parents vivaient encore ensemble. Sur le frigo, certains magnets datent de ma petite enfance. C'est comme si je les avais toujours vus. Le Colisée, Big Ben, Sainte-Maxime. Des photos de moi à divers âges. Une de mon père très jeune en maillot de bain et qui tend un doigt vers l'objectif avec un air de défi que je ne lui ai jamais connu.

Mes parents se sont séparés dans l'hiver de ma Terminale. Ma mère a quitté la maison en taxi. Elle est revenue deux mois plus tard. C'était un vendredi, je me souviens du camion rouge vif stationné devant chez nous. La porte était entrouverte. Ma mère désignait les objets aux déménageurs. Un homme en costume clair la suivait, étrangement absent à la situation. Il m'a pourtant souri. Je suis monté dans ma chambre.

Je me demande comment je n'ai pas sombré à cette époque. Avec mon père, nous avons fini par former un tandem efficace. Lessives, courses, ménage. Entre les cours et la vie domestique, j'imagine que je n'avais pas le temps de faire grand-chose. D'ailleurs, passé le portail du lycée, j'avais l'impression de changer de peau. Finalement, j'étais bien à la maison. Mon amour pour Charlotte m'avait porté haut. Ce devait être ça, le bonheur, une grande et brève histoire d'amour et hop ! Fini ! On souffrait un bon coup et puis on s'endormait pour le reste de sa vie. Cela ne me travaillait pas plus que ça. Je vivais au jour le jour.

Ma mère m'avait fait venir deux ou trois fois à Saint-Jorioz. La maison appartenait à Pierre-Yves, l'homme que j'avais entrevu le jour du déménagement. Ce monsieur taciturne était souvent posté devant une porte-fenêtre d'où il paraissait contempler le lac d'Annecy et les montagnes. Il portait des vestes d'intérieur. On m'avait attribué l'une des chambres d'amis. Je me rappelle la tapisserie avec des petits chasseurs, des cerfs et des chaumières. Je n'avais pas voulu laisser mon père seul pour Noël. En contrepartie, j'avais dû passer le réveillon à Saint-Jorioz. Pierre-Yves avait beaucoup d'amis et devenait vite loquace en leur compagnie. Je me souviens qu'on avait mangé du gibier. C'était pour moi un mot d'un autre temps. De même, quelqu'un n'arrêtait pas de dire que le vin était charpenté. Dès les premières heures, tous s'étaient mis à parler fort, surtout ma mère. J'avais envie de me boucher les oreilles. Une femme seule me cherchait du regard. Je m'étais éclipsé avant minuit. De petits coups contre la porte de ma chambre m'avaient réveillé. Les rires, la musique et les bruits de bouchons avaient fini par s'éteindre. Ma mère avait quitté Pierre-Yves avant Pâques. Je n'étais jamais retourné à Saint-Jorioz.

J'écris par bribes. Ma concentration est de courte durée. Je me lève et déambule dans la maison. Durant les premières heures de mon arrivée ici, j'ai cru que j'allais être troublé par ce décor d'autrefois. Au contraire, je me sens ailleurs, dans un couloir du temps propice à ce genre de travail. Écrire nécessite chez moi cette lenteur. Je suis bien. Écrire me plaît.

Parfois, au moment où je m'y attends le moins, je suis traversé par des ondes pernicieuses. Tout devient sombre. À part jouer à Sherlock, que vais-je faire de ma nouvelle vie ? J'ai soudain la sensation d'avoir achevé mon existence et d'avancer dans le noir. Ça ne dure pas. Le courant se rétablit et la lumière revient.

Avant de rentrer à l'hôtel, je m'accorde un verre sur la terrasse. Il fait subitement très chaud. Ce qui n'empêche pas un voisin de ratisser inlassablement le gravier de sa cour. Mon père a insisté : N'oublie surtout pas d'arroser les plantes. Mon portable vibre régulièrement. J'ai déjà reçu plusieurs photos d'Égypte. Un selfie devant les pyramides m'a ému. Leurs sourires à tous les deux, l'évidence de leurs sourires, comme délivrés de toute entrave. Leur bonheur fait envie.

Ma mère a cessé de me relancer. Elle doit bouder. Lui écrire trop vite ne servirait à rien. J'ai en revanche plus de difficultés avec mes ex-employeurs. Leur empathie des premiers jours – *Enjoy !* – a cédé la place à un ton neutre et professionnel. J'aurais dû être plus clair quand j'ai sollicité ce congé. Je pourrais ne plus jamais leur répondre mais je nourris encore quelques scrupules. Sans eux, je ne me serais pas assuré cette indépendance financière qui, aujourd'hui, me permet de voir venir. Je suis le fils prévoyant qui ne reviendra pas. Mais bon : ils s'en remettront. On se remet de tout en Amérique.

Chaque fois que je retrouve Ida, je suis assailli par les mêmes questions. Je n'aimerais pas que notre attirance repose sur des malentendus. Celui de deux personnes qui ne seraient aimantées que par leur nébuleuse respective. À moins que nous ne soyons que deux enfants épris d'absolu ? Et dont la candeur les condamnerait déjà. Je m'en veux, je me trouve stupide de méfiance. Cette histoire est tout sauf anodine. Je me dois d'être patient. Pour le moment, je redouble mon adolescence.

Ida tient peut-être un raisonnement similaire. Qui est ce Mathias ? Que fait-il de sa vie ? Nous allons marcher dans la forêt ou nous baigner dans la rivière. Parfois, nous croquons un burger à l'American Dreamer, désormais presque vide. Avec sa silhouette gracile, ses Stan Smith et ses chevilles nues, Ida ressemble à une lycéenne. Le soir, nous demeurons ensemble dans le hall de l'hôtel ou sur le parking. Il fait doux. Parfois nous ne parlons plus qu'en anglais comme si nous étions dans un autre pays. Sur la façade de l'établissement, les fenêtres s'éteignent une à une. Les voyageurs s'endorment tôt. Il ne reste bientôt plus que la lueur bleutée de l'enseigne. Le souffle de l'autoroute est agréable, à cette heure. Il se fait tard, on le sait. Elle coiffe son casque. Je ne sais toujours pas où elle habite.

Aurore m'a envoyé un message. Je l'imagine tâtonner près du grillage et des premiers sapins, le seul point du Grand Air où ça capte. Saisir soudain la connexion et presser sur Envoi.

Mathias, je t'ai trouvé très beau l'autre jour. Beau et intense. Oui, intense, tu dégageais une force qui paraissait venir de très loin en toi. J'ai bien vu que tu me prenais pour une folle. Tu as raison. Ma mère va te pousser à revenir. Ne cède plus. Tu ne m'as rien dit de ta propre vie ou si peu. Tu es vivant, bien vivant. Moi, j'ai franchi le Fleuve. Toi, oublie le Passé.

Je t'embrasse, mon ami d'autrefois

Aurore

Le plus poignant, c'est cette lucidité dans le désespoir. Je lui réponds aussitôt. Des mots hélas incertains, à moitié vides. Que pourrais-je vraiment lui dire ? Je crois qu'elle n'attend rien de moi ni de personne. Et surtout pas de l'empathie. Une pièce, un ressort vital s'est brisé en elle. Peut-être que notre rencontre n'a fait que la conforter dans cette pensée. Qu'elle attendait juste de le lire dans mes yeux. Je relis son message. L'espoir de m'être trompé sur son état se rétrécit.

Je suis désormais seul, avec juste des mots. La retranscription des propos d'Aurore, même remis en forme, laisse des zones aussi blanches que celles des réseaux cellulaires. Voilà donc ce que je crois savoir.

Nous sommes ce fameux 3 juillet. Dans la nuit, Wexler était entré dans la chambre d'Aurore et l'a réveillée. Elle s'était sentie comme une enfant un jour de départ en vacances. Ils s'étaient tous engouffrés dans le break. Quatre à l'arrière. Karl était déjà allongé dans un sac de couchage à même le tapis de sol.

La voiture avait emprunté une interminable route en lacets dans la montagne. Au sommet du col, Wexler s'était arrêté pour faire une pause. La portière entrouverte, l'air frais et un bout de ciel. Et cette phrase chuchotée : on est en Italie. Ensuite, Aurore ne se souvenait que de péages et d'aires d'autoroutes. Ils roulaient tout le temps, ils somnolaient, ouvraient les yeux, voyaient défiler des camions, refermaient les yeux. Finalement, la nuit était tombée ailleurs, dans un autre pays. Un rendez-vous sur un parking de banlieue, un terrain vague plutôt. Un lampadaire d'autrefois. Des flaques d'eau huileuse. Une Mercedes et un 4×4. En étaient descendus des hommes en treillis ou en survêtements. Ça rigolait et ça se tapait dans les mains. Wexler parlait fort, comme s'il avait bu. On était à Belgrade.

On les avait installés au dernier étage d'un immeuble inachevé. Leurs protecteurs devaient être des complices d'une autre époque. Wexler les appelait les Yougos. Il fallait se replier dans les chambres quand ils venaient boire des verres avec lui. Ils se parlaient dans un mélange de serbe et d'anglais. On entendait tinter les verres et siffler les narines.

Un simple d'esprit leur livrait les repas et faisait le ménage. Il désignait l'aquarium et s'esclaffait en postillonnant partout. *Yugoslav fish !* Joints entamés, pailles, traces blanches. Personne ne s'étonnait plus de rien. Madame Wexler tournait déjà au Tranxène. Ils se retrouvaient tous échoués devant la télé sur un canapé grand comme un bateau.

Entre épouse et concubine, je ne suis pas parvenu à bien comprendre comment Wexler ménageait l'une et l'autre. Et comment ce trio s'imbriquait avec une telle justesse dans le puzzle familial. De l'argent était entassé dans un sac de sport. Pas mal d'argent. Wexler lui répétait qu'ils avaient le temps de voir venir. Pourtant, Aurore s'inquiétait. Ils allaient encore rester longtemps ici ?

Un matin très tôt où ils ne parvenaient pas à dormir, ils s'étaient retrouvés tous les deux sur l'un des balcons. Pour une fois, on voyait très loin, bien au-delà de cette banlieue pourrie. Aurore prétendait avoir un souvenir *énorme* de cette scène. Une scène de film, tu vois ? Ils avaient fumé et tapé de la coke jusqu'à l'aube. À un moment, Wexler lui avait caressé les cheveux, a incliné la tête vers le sol et elle avait vu qu'il retenait ses larmes. Il avait tant sniffé que ses narines en étaient enfarinées, il reniflait en sanglotant, c'était drôle et émouvant.

Il n'avait pas eu besoin d'en dire beaucoup plus. Il allait falloir qu'elle rentre quelque temps. Le temps que l'affaire se tasse. Il l'avait étreinte, d'abord sans un mot, longtemps. Il la serrait très fort, presque à lui faire mal. Il fallait qu'elle comprenne.

Tu es mineure, on te recherche.

Il connaissait des gens, on allait lui faire un passeport plus vrai que nature. On va se retrouver très vite. En Californie. Elle se souvenait de sa manière de faire danser les syllabes. En Californie...

Depuis leur départ de la Villa, Wexler ne lui avait fourni aucune explication. Sur le balcon à l'aube, il avait fini par lui délivrer un minimum de détails. Tu es capable de te taire, tu es forte, bien plus forte qu'eux. Tu sais à quel point je t'aime ? Ils vont insister... Ne lâche rien. Pas un mot. Elle avait juré, les yeux dans les yeux. Je m'efforce de les imaginer. Elle encore dans la fragilité de ses dix-sept ans, lui englué dans son brouillard de malfaiteur toxicomane. Lui, son homme, qu'elle appelait désormais Ritchie.

Aurore a eu un long silence et j'ai cru qu'elle n'en dirait pas plus. Ses yeux étaient braqués sur le rempart de la forêt. C'est beau là-bas, tu ne trouves pas ? Peut-être que je voulais anticiper ou la prendre par surprise, mais ce n'était pas le bon moment, je le reconnais. Je l'ai subitement relancée sur Oswald. Savait-elle pourquoi et comment le garde-forestier avait disparu ? Je crois hélas que cela restera l'un des plus grands mystères de ce temps. D'autant que les activités crapuleuses de Wexler ne paraissaient pas troubler Aurore plus que ça. Elle a même pouffé à l'évocation du garde. Oswald ? L'ours suisse ? Tu crois que c'est un coup des Martiens ? C'est à ce moment-là qu'elle m'a proposé de faire l'amour.

Alors qu'elle commençait à se perdre de nouveau dans ses phrases, j'ai encore tenté de parler d'autre chose. J'ai su que l'Afrique n'avait été qu'un transit pour la famille Wexler. Pourquoi ? Comment ? Encore mystère. Fallait-il fuir d'autres complices ? Initier de nouveaux trafics ? Drogue ? Blanchiment ? Les deux ? Je venais de lire un article sur un réseau régi par un système de virement occulte lequel permettait d'éviter les transferts matériels d'argent sale. Des millions d'euros irriguaient ce système. Je voyais bien Wexler tremper dans ce genre d'opérations ou même convoyer des valises. Encore une fois, je me suis demandé si cette année scolaire passée dans notre ville n'avait été qu'une mise au vert, en attendant de revenir dans le circuit.

Le 11-Septembre était survenu. Entrer sur le territoire américain avec de faux papiers devenait une autre affaire. Il fallait attendre que ça se calme. Aurore n'avait pas craqué tout de suite. Elle avait réussi à tenir pendant de longs mois, sans nouvelles, sans rien. L'Amérique était devenue un bunker.

On dit que tout le monde se rappelle ce qu'il faisait le 11-Septembre. J'avais effectué ma rentrée en Terminale la semaine précédente. Il se trouve que je n'avais pas cours cet après-midi-là. Diximus m'avait appelé. Allume la télé. Sur l'écran, j'avais découvert les images des deux tours enfumées. De temps en temps, des plans beaucoup plus larges embrassaient tout le sud de Manhattan. Le ciel y était encore d'un bleu inouï et je ne sais pas comment, en quelques minutes, je m'étais retrouvé projeté un an plus tôt dans les premiers jours de la rentrée scolaire. Pendant plus d'une semaine, le ciel au-dessus du lycée avait aussi été d'un bleu aussi parfait. Charlotte venait d'apparaître dans ma vie. L'histoire allait commencer. Ou le compte à rebours.

Je ne parvenais plus à me concentrer sur l'écran. Des centaines de gens allaient mourir. C'était sans doute l'événement majeur de ce début de siècle. N'empêche que lorsque la première tour s'était effondrée, j'avais éteint le poste. Et quand mon père était rentré, je dormais.

Des passages de l'enregistrement sont inaudibles. Les froissements de mon blouson couvrent la voix d'Aurore qui s'est comme amarrée à moi. Elle s'est soudain mise à pleurer et à réclamer de la coke. Ou du champagne. Elle m'a supplié. Et puis, elle a repris.

J'ai commencé à... comment dire ? Dériver. Mes parents ne comprenaient rien. Ils faisaient aussi tout pour fermer les yeux. J'en ai vu des psys. À la fin, je leur racontais n'importe quoi. L'un d'eux m'a draguée, j'ai couché avec lui. Juste pour voir. C'était un fétichiste des pieds ou des culottes, je ne me souviens plus.

J'attendais mes dix-huit ans sans plus rien savoir. Pour le reste, j'additionnais les conneries. Le jour de mon anniversaire, j'ai eu comme une intuition. Je me suis baladée, j'ai fait les boutiques et à la fin, je suis allée me poser au skatepark. Tu vois ? Là où on se retrouvait autrefois, la bande. Avec l'autre qui avait un nom latin.

Bizarrement, je ne replace pas Aurore dans le décor du skatepark. Mais alors pas du tout. Passons. Ça ne faisait pas dix minutes qu'elle était assise là qu'une voiture s'est arrêtée, un homme en est descendu et lui a tendu un papier avec un numéro de téléphone. Celui de son Ritchie.

Au passage, on notera les multiples précautions apparemment prises par Wexler, ainsi que l'efficacité supposée de ses complices et de ses réseaux. Si bien entendu on peut se fier au récit d'Aurore, ce genre de détails ne peut que conforter dans l'idée que mon ancien prof évoluait à haute altitude dans son milieu. Il est aussi évident qu'il se sentait autant menacé par la police que par des rivaux ou d'anciens associés. Même le nez dans la coke, même le cœur en émoi, il demeurait d'une redoutable méfiance. Cependant, la question restera toujours en suspens : comment et surtout pourquoi un magnat de la drogue serait-il devenu prof de français dans notre petite ville ? Wexler avait-il découvert sa réelle vocation ? C'en serait presque touchant. Quant aux autres membres de la famille, n'ont-ils pas profité de cette parenthèse pour jouer enfin à la vraie vie ?

Beyrouth, Djakarta, Honolulu. Aurore accumulait les noms de villes où elle était censée avoir transité avant de rejoindre Los Angeles. Elle s'embrouillait dans sa géographie ou bien elle me racontait n'importe quoi. Si tu savais comme j'ai flippé à l'arrivée. Le douanier feuilletait mon passeport comme un truc bizarre, et tu sais pourquoi ? À cause des tampons et des machins d'autres pays, j'en avais déjà une collection. N'empêche que ce genre de détails ne s'invente pas. Quoique.

J'ai eu du mal à reconstituer cette période californienne. Aurore semblait dérailler quand ça l'arrangeait. Ses propos devenaient décousus et je les ai ravaudés comme j'ai pu. Dès que je me montrais trop curieux, elle esquivait. T'es beau gosse, Mathias, tu le sais ? Elle avait des rires aussi, des rires d'hystérique, tout ce que j'abhorre et qui l'éloignait de la jeune fille discrète d'autrefois. J'ai même failli partir.

Avant de s'établir de manière plus définitive, la famille paraissait avoir beaucoup bougé. Le Beau Motel revenait dans ses bouts de phrases. Visiblement, une sorte d'endroit sordide et paumé où ils avaient été contraints de se réfugier à plusieurs reprises. Ça me faisait penser au Monopoly. Retournez à la case départ. Aurore lançait des noms sans qu'on sache si c'était des gens ou des villes. Je me suis perdu. J'ai écouté, j'ai réécouté. Il m'a semblé que sa voix n'avait jamais la même intonation. J'ai tenté de m'accrocher à des mots qui sortaient plus vite que d'autres, ou qui surnageaient seuls, comme en suspens, j'ai capté des silences, des soupirs, mais rien ne prenait.

Ça nous est arrivé de partir Tous les deux ou en famille. Hawaï, Las Vegas, la Floride. Je scrutais ses yeux égarés, tentais d'y déceler quelque chose, mais quoi ? Pouvais-je vraiment imaginer Wexler à Disneyland ? Lui qui en classe vomissait sur la bêtise et la vulgarité américaines. Lui, le chantre de la culture française Et quand bien même : pouvais-je vraiment croire que cette incroyable famille était partie *en vacances* ? N'aurait-elle pas eu intérêt à faire preuve d'une discrétion absolue ?

J'avais également du mal à voir s'écouler le temps dans cette pâte molle qu'Aurore étirait ou comprimait à l'envi. Un jour, en tout cas, ils avaient fini par s'installer dans une sorte de complexe avec des barbelés et des caméras. Et des Yougos, pas les mêmes, d'autres qui avaient l'air aussi fous.

Wexler partait des jours entiers dans le désert ou je ne sais où. Il y avait du danger. J'ai retenu cette phrase vague qu'elle a répétée deux ou trois fois. Ritchie avait besoin de repos, d'être aimé, caressé, tu sais. Sa femme pleurait parfois quand elle les entendait faire l'amour.

Les années ont passé comme ça. Wexler partait, revenait. On vivait en circuit fermé avec les bonnes et tous ces gars de l'Est. Mais on a eu vraiment des beaux moments, tu sais. À se demander comment la police n'avait pas ciblé cette curieuse résidence. Aurore a décroché. Je voudrais du champagne, là, tout de suite

Cheyenne s'occupait de ses chevaux et fréquentait une église baptiste. Charlotte faisait de la musique. Elle s'était attelée à composer un album pour son Dad. Karl participait désormais aux expéditions de son père.

Incroyable. Personne n'avait fini par exploser, partir, vivre sa propre vie ? Je n'en revenais pas. Et la mère ? Trop fragile pour secouer le système, elle devait en être la complice passive. Peut-être se consolait-elle en songeant que ses enfants ne la quitteraient jamais. Il paraît qu'elle dormait de plus en plus.

Et toi, Aurore, tu faisais quoi ? Moi, je l'aimais. J'aimais mon Ritchie. Enfin...

Son grand sourire s'est gondolé.

Il y avait eu des bas aussi. Parfois, elle en avait eu assez de cette vie. De cette famille. Et puis Wexler plongeait un peu trop souvent. Il se mettait à écrire la nuit, mais surtout à boire et à taper un peu trop de poudre. Il errait dehors, déclamait du Rimbaud ou du Baudelaire et finissait par s'effondrer d'épuisement.

Juste après, il y a eu un long silence, puis une poignée de syllabes incompréhensibles, un jet de rage. Alors elle a enfin lâché un gros morceau.

Ce con s'est amouraché d'une petite Bulgare. Même genre que moi, tu vois. Auburn à peau blanche. Une petite traînée que les Yougos avaient recrutée sur Internet. Je l'ai vue venir, l'histoire. Ritchie minaudait devant elle. Je sentais bien qu'elle lui faisait de l'effet. Un jour, il a voulu me rassurer. C'est rien, c'est juste du sexe, Aurore. Quel connard. C'était la pire chose à dire.

J'ai tenu quoi ? Trois ou quatre jours. En plus, je sentais la famille se resserrer contre moi. Ritchie n'a pas pu se calmer, c'était plus fort que lui. Et moi, je me sentais perdue. Seule au monde. Un soir que Wexler et son fils étaient repartis en expédition, Aurore s'était échappée. Échappée, c'est le mot qu'elle a employé, preuve que ce ne devait pas être si simple. Au nez et à la barbe de ses cerbères ? Comment ?

J'ai juste appelé un taxi, et hop !

Mon père et sa compagne sont rentrés d'Égypte. Je ne veux pas gâcher le bonheur de leur retour et j'accepte une invitation au Gong. Aéroport, avion, hôtel, visites. J'ai droit à la totale et ce, dans l'ordre chronologique. Louise est bon public. Qu'est-ce qu'il fait chaud là-bas. Vers la fin du repas, je perçois comme un frémissement entre eux deux. Maintenant ? interroge l'une, Oui oui !! insiste l'autre. Louise sort donc de son sac un volumineux paquet que je prends soin d'ouvrir avec délicatesse et lenteur : une statuette d'Anubis. Elle est belle, n'est-ce pas ? J'adopte un air admiratif, je dépose l'objet à mes côtés comme un animal familier et je remercie en trinquant. Mon téléphone vibre dans ma poche, ce doit être, ce ne peut être qu'Ida.

Je sais – nous savons tous les deux – que cela ne pourra pas durer longtemps ainsi. Et pourtant, nous ne franchissons pas la ligne.

Ida a déjà contourné le guichet de l'accueil. J'aime l'élan qui la pousse dans ma direction et cet infime coup de frein que semble soudain marquer son corps. Moi aussi, je retiens le mien. Nous sortons et nous asseyons sur une murette qui borde les lauriers. La tiédeur persiste ce soir. De fortes chaleurs sont annoncées pour les jours à venir.

On pourrait aller au cinéma ? Se mettre au frais ?

Ida me regarde, comme attendrie par cette proposition. Nous continuons à nous vouvoyer même si la plupart du temps, nous esquivons.

Sa peau ivoire. Sa voix. Je n'ai pas connu une attraction semblable depuis... Je ne sais pas. Charlotte ? Ou jamais ? Ai-je déjà eu la conscience d'une présence aussi aiguë à mes côtés ? Ce qu'autrefois en cours de philo, notre professeur appelait l'altérité.

L'été va commencer. La ville, se vider. Ida est trop novice pour prétendre à des vacances. Je ne sais comment lui dire que je voudrais rester à ses côtés. Ou partir avec elle. Il va falloir.

Il va falloir parler. Demain. Après-demain. Vite. La rumeur de l'autoroute enrobe nos silences.

Un break Volkswagen pénètre sur le parking et se gare avec précaution. Deux enfants hilares s'en éjectent. Les parents émergent à leur tour, caricatures d'Allemands à Birkenstock et chaussettes.

Le temps qu'Ida procède à leur enregistrement, je consulte mon courrier électronique. Mon patron m'annonce dans un jargon très officiel la fin de notre collaboration et m'invite à régler les formalités de mon départ en contactant Patsy du service juridique. Quatre lignes et une formule de politesse. Les Américains sont ainsi.

Je dois avoir l'air béat quand Ida revient. Elle me dit dans son français à elle : Vous êtes léger, je vois.

Toujours sur la murette, nous buvons de la vodka avec de la glace, moi surtout. Il arrive que nos épaules s'effleurent. J'ai tellement peur de la décevoir. Une à une, les fenêtres deviennent obscures sur la façade.

Ida coiffe son casque et m'adresse un dernier sourire. Je

m'obstine à la fixer le plus longtemps possible dans la nuit, mais elle disparaît trop vite.

Je ne me suis pas senti m'endormir sur mon lit. Store ouvert, fenêtre entrebâillée. Il me semble que la statuette d'Anubis a traversé mes songes mais je ne pourrais pas en dire plus. Ce doit être le jour ou l'autoroute qui m'a réveillé. Mon portable gigote sur le sol, écran saturé de signaux d'appel. La mère d'Aurore. Je m'aperçois qu'il est plus de neuf heures du matin. Elle a tenté de me joindre dès sept heures. Il fait déjà chaud dans la chambre. Je n'ai pas le temps de réfléchir, ça vibre de nouveau. Je décroche.

Aurore a disparu.

Elle a dû quitter le Grand Air après minuit, l'heure de la première ronde nocturne où l'on s'assurait que les pensionnaires étaient bien dans leur chambre et dormaient paisiblement. À quatre heures, elle avait disparu. À l'aube, on a constaté que la clôture d'enceinte a été endommagée. Avant de prévenir la police, madame Steiger et un infirmier sont partis à sa recherche.

On pense qu'elle est partie sans vêtements, disons même… nue. C'est incroyable…

J'ai songé aux cuisses blanches d'Aurore, à son corps qu'elle avait voulu m'offrir. Une heure plus tard, je suis à l'arrière de la voiture des Gallois en route pour le Grand Air. La mère s'est assise à mes côtés, comme dans un taxi. Nous ne disons quasiment rien durant le trajet. Les deux parents semblent abrutis par les anxiolytiques. Madame Gallois bute sur des mots, les laisse en suspens, se plaint de la climatisation. Il fait froid, Doudou. À l'avant, Monsieur Gallois se concentre sur la route.

Une camionnette de gendarmerie est garée sur le parking de la résidence. À l'arrière du véhicule, un berger allemand nous observe. Le goudron est luisant. Même à cette altitude, il fait lourd. Madame Steiger vient à notre rencontre. Elle serre longuement les Gallois dans ses bras puis me tend une main sans vie. Venez vous mettre au frais. Dans le parc, j'aperçois au loin deux uniformes qui remontent dans notre direction.

On nous installe dans une sorte de salon rococo. L'infirmier de l'autre jour apparaît avec un plateau de rafraîchissements. Les deux gendarmes font à leur tour leur entrée. Chacun d'entre nous paraît prendre ses marques avec son verre à la main. Madame Steiger tâche de conserver une voix douce. Les Gallois l'écoutent à moitié. Seul le grésillement d'un talkie-walkie nous rappelle pourquoi nous sommes ici.

L'un des militaires s'approche de moi. Quelle chaleur dehors. Vous êtes le mari de la dame disparue, je suppose ?

Je dois bafouiller. Pas vraiment.

Pas vraiment ? Ah.

Je ne sais pas ce qu'il en déduit. Son talkie-walkie crachote brusquement et son collègue se rapproche. Le ronronnement d'un hélicoptère se fait entendre. L'engin doit déjà être à la verticale de la résidence. Les Gallois regardent le plafond.

Nous sortons tous. L'hélicoptère bleu se pose sur le parking. Un homme en treillis en descend. Le chien-loup aboie dans la camionnette.

On se retrouve de nouveau dans le salon rococo. Le gendarme qui m'a parlé a disparu avec Madame Steiger. L'homme en treillis boit un jus d'orange en évitant les regards, comme vidé. L'infirmier serre une canette de bière qu'il a sortie de je ne sais où.

Une porte s'entrouvre et le gendarme me fait signe de le rejoindre. Assise à son bureau, Madame Steiger fume une cigarette. Je ne distingue qu'à peine son visage. Une lampe isole ses jambes dans la pénombre. Elle porte des collants opaques. C'est vrai qu'il fait frais dans cette pièce.

On est mal, Monsieur Malet.

On attend une équipe spécialisée, ajoute le gendarme.

La dépouille d'Aurore est hélitreuillée par les pompiers en fin d'après-midi et transportée ensuite par la route jusqu'à l'institut médico-légal. Nous redescendons dans la plaine. Je conduis la voiture des Gallois et je suis celle de Madame Steiger. Cette dernière a décidé de prendre en charge les parents. Elle passera la nuit chez eux et les accompagnera le lendemain pour la reconnaissance du corps. D'après ce qu'on a pu nous dire, Aurore a escaladé un piton rocheux duquel elle s'est précipitée dans le vide. Le sauveteur avait presque l'air admiratif. Il en faut de l'énergie pour grimper là-haut. Que du rocher J'essaie de visualiser la scène, la silhouette nue d'Aurore sur la paroi abrupte. Où a-t-elle trouvé la force de se hisser ainsi dans le froid de la nuit ?

L'endroit est réputé. C'est la troisième, depuis janvier.

Le Cayenne de Madame Steiger s'immobilise sur une esplanade. La directrice s'allume une cigarette et me désigne le restaurant routier. On va manger quelque chose. Un burger ?

Box et banquettes. Musique country. Hommes seuls. Je ne suis pas sûr que les Gallois aient déjà mangé des burgers. Le père tente de déconstruire l'assemblage de pain et de viande pour en croquer quelques morceaux. La mère ne touche pas à son assiette. Madame Steiger commande un pot de blanc. Derrière les grandes baies fumées, on ne voit que la forêt. Des sapins partout.

De son sac à main, Madame Gallois sort d'abord un tube de Lexomil puis une photo de sa fille qu'elle me tend. Je connais cette photo. Aurore me l'a extraite de son peignoir au Grand Air. Elle y pose avec Wexler au bord d'une piscine, celle de leur résidence californienne.

Tout ça pour cette famille de connards.

Machinalement, je retourne la photo. Je n'ai pas eu le même réflexe quand Aurore me l'a montrée. Cette fois, j'y découvre une adresse. Une adresse américaine. Madame Gallois y a-t-elle prêté attention ? Peu probable, vu son état. Madame Steiger est aux toilettes et j'en profite pour glisser le cliché dans ma poche.

La voix de la mère érafle de nouveau l'ambiance feutrée. Comme du papier de verre. Ce vieux vicieux. On aurait dû porter plainte à l'époque Le faire encabaner. Aurore serait là aujourd'hui. Elle aurait des enfants. Un gentil mari.

C'était pourtant si simple. On aurait même pu le faire flinguer. Les tueurs à gages, ça sert à ça, non ?

Sa voix est sonore et nos voisins se retournent.

Elle esquisse un sourire dans leur direction puis nous tend le tube de Lexomil comme une boîte de cachous. Non ? Même pas un p'tit quart ?

Puis elle se ramollit, les coudes sur la table, le front sur ses avant-bras, comme pour dormir. Mais les mots jaillissent de nouveau.

Salopard...

Ordure...

Dépravé !

C'est de plus en plus sonore. Son mari pose une main flottante sur son épaule. On le sent tellement loin, lui aussi.

Un trio de routiers nous considère en se marrant.

Du calme, Madame Gallois. Cela ne sert à rien de ruminer ces choses. Il faut penser aux bons moments.

Madame Steiger manque de conviction, c'est le moins

qu'on puisse dire. Elle me ressert du blanc et remplit son propre verre. Ça la rend plus humaine. Ses yeux sont brillants. Quel âge peut-elle bien avoir ? Cinquante ? Cinquante-cinq ? Avec l'alcool, la peau de son visage se marbre de taches violacées. Son portable ne cesse de délivrer des messages. Elle picore ses frites et répond de temps en temps.

Moi, j'ai besoin de nouveaux souvenirs. Je crois que c'est à l'issue de cet épisode que je prends ma décision.

2780 Eagle Pass Road, Needles CA 92363.

Aurore n'avait pas écrit cette adresse pour rien. Quand je lui ai rendu la photo, elle l'a conservée dans ses mains une poignée de secondes avant de la glisser dans son peignoir.

Je vais faire un tour sur Google Maps. J'active la fonction satellite et je découvre ce qui est peut-être encore la résidence des Wexler. Je me prends quelques secondes pour l'un de ces enquêteurs malins et inusables qui au bout de nombreuses années finissent par retrouver leur proie. Au fin fond du désert, bien sûr. Il est vrai que le décor ocre et vide s'y prête. Tel un drone de médiocre qualité, je survole cette espèce d'hacienda. Avec le zoom, la piscine en forme de cœur paraît décolorée et ses alentours incertains. N'empêche. Ça me rappelle une série avec de cruels narcotrafiquants. On les voyait souvent le nez planté dans des tumuli de poudre blanche. Ça ne durait pas, il y avait toujours un traître qui trahissait le précédent. Passé cette pseudo jubilation, je reviens à ce que m'a raconté Aurore.

En s'échappant, comme elle l'a prétendu, Aurore avait cru oublier Ritchie. Mais j'imagine que durant l'année qu'elle a passée loin de lui, aucun rival n'a pointé à la même altitude que *son homme*. J'ai mis un moment à tenter de savoir ce qu'elle avait pu faire à Des Moines, Iowa. Peine perdue. On aurait dit que ça n'avait aucune importance, ou peut-être qu'elle en avait honte. Juste un trou dans sa vie.

Des Moines, Iowa. C'est la seule indication qu'elle m'a jetée comme un bout de viande. C'est là-bas qu'elle avait décidé de se poser. Je ne crois pas que c'était un choix mais plutôt un misérable hasard. Dans quelles circonstances ? Je n'en sais rien. Je vois juste une fille perdue qui ne sait plus où aller. Des bus Greyhound, des gares routières, des néons. Des gens comme elle. On se débrouille, on trouve des petits jobs, on échoue dans un mobile-home d'une quelconque périphérie.

Peut-être qu'elle a fait une rencontre à ce moment-là, ce n'est qu'une hypothèse. Oh pas de quoi renaître, mais juste une épaule sur laquelle s'appuyer. Sinon comment aurait-elle tenu tous ces mois ? Quelle certitude aurait pu irriguer ses veines ? D'ailleurs, au bout de quelque temps, elle a repris contact avec les Wexler. Les nouvelles étaient toujours sombres, voire alarmantes. Même Karl s'y est mis pour tenter de l'émouvoir. Dad buvait, Dad carburait à la meth, Dad devenait fou. Il m'a même proposé de tuer la pute bulgare. Carrément ! Elle avait du mal à faire la part des choses, mais jamais elle n'avait rompu le contact.

Reviens, reviens... Ritchie lui lisait des poèmes au téléphone, entamait des phrases sans fin. Mais tu es où, ma chérie ?

On ne fuit pas sans but. Elle, si. J'en suis convaincu. Avait-elle eu l'intention de rejoindre la côte Est ? Et pour y faire quoi ? Rien ne sonnait juste dans ce qu'elle me racontait. Et puis autre chose : la jeune fille sage, celle qui posait devant le Tower Bridge, cette Aurore-là n'avait-elle jamais songé à appeler au secours ses parents ?

J'ai cette image qui s'impose, celle d'un petit animal qui déroule sa laisse jusqu'à ne plus pouvoir avancer. Un jour, Aurore était revenue.

Ritchie a déployé une énergie folle pour la reconquérir et la distraire. Ils partaient des journées entières et sillonnaient les collines et les canyons. Il louait des décapotables et des chambres dans des palaces. À Los Angeles, il l'emmenait dans des librairies, au cinéma. Tout ce qu'il m'a fait découvrir. Et puis ils passaient aussi des heures dans les boutiques de vêtements. T'imagines même pas ! Pas juste pour elle, pour lui aussi. Toutes ces fringues... On était beau !

Je ne sais pas pourquoi elle s'est mise à restituer des bribes de leurs échanges en anglais. Comme si c'était leur langue intime. Un jour, très vite, il lui a fait cette proposition. Sa voix tremblait. Si elle était prête, il lui jurait de finir ses jours avec elle. Sur la tête de ses enfants. Il fallait simplement qu'il prenne ses dispositions. Pour de bon. Il lui mendiait juste encore un peu de patience.

Après, on partira en Asie.

De nouveau, Aurore s'est abandonnée. Avec l'impression d'être devenue celle qu'elle voulait être depuis longtemps. La femme de Wexler. La Vraie.

Pour le reste de la famille, rien n'avait vraiment changé. Chacun vaquait à ses activités. La musique, les chevaux, les affaires. Seule la mère ne quittait quasiment plus sa chambre. Les semaines passaient, les mois. Et l'Asie ? Aurore n'osait même plus demander. Elle se laissait vivre et se consolait avec son statut de première dame. C'est elle qui donnait encore un semblant de vie et d'unité à cette famille déglinguée. Mais l'atmosphère était toujours aussi épaisse. Trop de tristesse le jour, de va-et-vient la nuit, des claquements de portières, des beuglements d'hommes ivres. Parfois, elle riait toute seule en songeant à cette vie de dingue.

Wexler a dû soigner sa mise en scène. Un soir, il lui a demandé de préparer des bagages. Le lendemain, ils étaient à Malibu. Vue sur le Pacifique et dîner aux chandelles. C'est là qu'il a exhibé deux allers pour Bangkok. On va commencer par se poser en Thaïlande, tranquilles, peut-être qu'après on s'installera au Cambodge. C'est plus beau, plus sauvage… J'ai des amis là-bas… Ritchie lui a pris la main et la lui a longuement caressée. Elle se souvenait de sa douceur à cet instant. En découvrant les dates sur les billets d'avion, elle a réalisé que ce n'était pas pour tout de suite.

Le temps que je boucle les dernières affaires. Il a souri, improvisé. On va savourer l'Amérique une dernière fois, chérie. Son mobile ne cessait de vibrer sur la table.

Aurore comptait les jours au bord de la piscine. Wexler tournait autour du bassin avec son téléphone. Des types gras venaient boire des verres avec lui. Des bouteilles même. Ils parlaient un espagnol bizarre et rigolaient tout le temps. Wexler serrait certaines mains plus longtemps que d'autres. Aurore avait beau s'agacer, elle le trouvait tellement classe au milieu de tous ces porcs. Elle observait et attendait. *Room service*, champagne, coke. Ils ne sortaient pas de l'hôtel. Les coups de fil se faisaient plus longs. Ritchie parlait bas. De temps en temps, il lui décochait des sourires à la dérobée.

C'est la veille du départ. Mais elle sait déjà, plus ou moins. Tu vas être obligée de partir la première. Il ne lui laisse pas le temps de protester. En aurait-elle la force ? C'est vraiment l'affaire de quelques jours. Le temps de faire un tour à la maison. La maison ? Une digue lâche à cet instant. Aurore n'éclate même pas en sanglots. Elle se laisse emporter dans son scénario, Ritchie a l'air d'afficher toujours la même conviction.

Elle verra bien. Elle verra.

Vingt heures de vol. Escale à Hong Kong. Ils font comme s'ils se voyaient dans cinq jours. Pas d'effusions. Ils sont ivres tous les deux. C'est quelque chose comme une heure du matin. Quand l'avion décolle et prend de la hauteur, elle regarde LA par le hublot. Elle se dit qu'il est là, quelque part dans ce tissu lumineux. Il fonce sur l'Interstate. Il rentre à la maison. *Home*. Putain. La nuit de Los Angeles. Elle repense au film de leur vie. Des images. Des bribes. Combien d'années ?

Aurore est sortie K.-O. de l'aérogare. L'air chaud comme une matière. La grande touffeur de l'Asie. Dans la cohue des arrivées, un homme brandissait un carton : Mrs Wexler. Elle s'est crue un instant célèbre. Et mariée. Tu sais, Mathias, j'aurais bien aimé être une star. Une énorme voiture noire l'attendait. L'air frais. Le champagne. Elle a dû s'endormir dans les embouteillages. Le chauffeur l'a réveillée d'une voix fluette. Lady... Hotel... Vitres fumées, hall parfumé, personnel distingué. Vingtième, trentième étage ? Elle ne savait plus.

Sa chambre d'hôtel surplombait les buildings environnants. C'était plus que beau, la nuit. Les premiers soirs, elle sortait et marchait sur Sukhumvit Road. Mais elle s'est vite lassée de cette foule de science-fiction. C'est sur le rooftop qu'elle attendait ses appels. La piscine changeait lentement de couleur, bleu lagon, vert émeraude, rouge sang. Avec le décalage, Ritchie se levait quand elle se couchait. Il prenait tout le temps qu'il fallait pour l'apaiser. Tu me manques. C'est presque fini. Juste deux trois petites choses à régler. Parfois, elle captait des bruits familiers. Une porte qui grinçait, la voix d'une bonne. C'était dur de raccrocher, ça durait. La coke aussi lui manquait. Elle buvait des vodka-tonic, mais ce n'était pas la même électricité.

Une bonne dizaine de jours comme ça. Ritchie avait déjà modifié son billet deux fois. Sa voix manquait de certitude. Pas grave... Je t'expliquerai...

Maintenant, ce qui devait arriver : Aurore a dormi toute l'après-midi et elle émerge à la tombée du jour. Premier verre. L'atmosphère est moins lourde. La circulation et les klaxons remontent, assourdis, de Sukhumvit. Personne sur le rooftop. Juste le barman en veste blanche colorié par les lumières de la piscine. Pour la rassurer, Ritchie s'efforce de téléphoner à heure fixe. Ce soir-là, il a déjà une puis deux puis trois heures de retard. Elle est saoule. Elle réclame des frites puis des spaghettis. Du vin français.

Ne t'inquiète pas. Il a insisté plusieurs fois. Surtout, attends que j'appelle.

Elle en a marre de tout ça. Elle s'en fout. Le cellulaire ne répond pas. Le satellitaire non plus. Elle récidive dix, vingt, trente fois. Laisse des messages. Rien.

Elle essaie pendant des jours. Se réveille n'importe quand et appelle. Un téléphone doit bien sonner quelque part, là-bas. Elle en devient folle. Imagine les pires histoires. Aurore finit par ne plus rien supporter. Sa solitude déborde. C'est fini.

J'AI tout raconté à Ida. À mesure que je posais mes mots, les plus simples possible, afin que rien n'échappe à mon auditrice, je réalisais seulement à quel point cette affaire était incroyable. Ida m'écoutait avec attention et j'essayais de capter les nuances de son regard. Rien ne laissait transparaître le moindre jugement, plutôt une forme d'incrédulité. Parfois, elle me demandait de répéter et je sentais à quel point son français était encore hésitant. Mon récit a été interrompu à plusieurs reprises par l'arrivée de nouveaux voyageurs. J'ai apprécié ces pauses, me demandant malgré tout pourquoi je ne m'étais pas confié plus tôt. Tout me semblait devenir possible, désormais. Nous étions installés sur la murette du parking de l'hôtel. La chaleur semblait sourdre encore du bitume. La rumeur de l'autoroute me paraissait plus soutenue. Ce devait être un soir de départ en vacances, je ne savais plus. Ida a rapporté une bouteille de champagne et deux flûtes.

On va fêter quelque chose. Elle a attendu que j'aie rempli nos verres.

Demain, ce sera fini, l'hôtel.

Ce n'était pas une vie. Elle rentrerait en Pologne et prendrait le temps. Le temps ? Ses yeux diffusaient une lumière à la fois triste et lointaine. Puis elle m'a fixé. À peine un instant. Une onde a paru traverser tout son corps avant qu'elle n'éclate en sanglots. Puis, après s'être reprise, elle a prononcé ces mots.

Je crois que je vous aime, Mathias. Je n'en peux plus de garder ça pour moi. Vous comprenez ?

Elle a parlé avec une grande et douce lassitude. Ses yeux embués et rougis me faisaient mal. J'ai pris l'une de ses mains dans la mienne.

J'ai également tout raconté à mon père. Ce dernier a changé de visage à la fin de mon récit. Il demeurait silencieux, comme stupéfait par la folie de ce que je venais de lui rapporter. Pourquoi tu n'as jamais rien dit ? J'avais envie de lui répondre : Et pourquoi tu n'as jamais rien vu ? Cela aurait été cruel, et surtout injuste. À l'époque, mon père bataillait contre ma folle de mère et, mine de rien, tentait de me protéger de leurs dingueries conjugales. Il a dû lire dans mes pensées. Tu sais, Mathias, moins tu étais à la maison à cette époque, mieux c'était pour toi. J'ai tenté d'amarrer mes yeux sur quelque chose. Les magnets du frigo. Colisée, Parthénon. Nous ne savions plus quoi dire pour passer à autre chose.

Le bon sens de mon père nous a relancés. Tu crois qu'il s'appelait vraiment Wexler ? Plus d'une fois, j'avais aussi pensé qu'il s'agissait d'un pseudonyme. Vu l'envergure du personnage, ses supposés réseaux, l'Afrique, la Californie, bref, tout son passif, il était clair qu'un nom n'était qu'une étiquette, à coller ou à décoller. Wexler sonnait américain ou Mitteleuropa ou n'importe quoi. Mais l'homme, lui, d'où était-il ? Aucun accent ne trahissait une quelconque origine, du moins pour l'adolescent que j'avais été.

M'est alors revenu un bout de conversation, un presque rien ou un indice. À la Villa, fin d'un repas. C'est détendu. Le père devait siroter un bourbon, la mère fumer une Laredo. Petits apartés. Avec Charlotte, on se moquait gentiment d'un copain, un certain Morvan. Du bout de la table, dans la confusion, le père a juste capté un nom. Le temps du quiproquo, il a lâché quelques mots attendris, du genre Ah le Morvan… Magnifique région… Mais c'est fini : il s'était déjà redressé sur sa chaise, plus Wexler que jamais.

Mon père m'accompagne à l'enterrement. Aussi bizarre que cela puisse paraître, l'église est à moitié vide. Les Gallois ont pourtant bénéficié d'un très large réseau d'amis, du moins avant. Cela doit faire un certain temps qu'ils ne fréquentent plus grand monde. Les anxiolytiques risquent bientôt de les couper de leurs dernières relations. Ce qui est rassurant dans les églises, c'est cette illusion d'éternité. Rien ici n'a dû bouger d'un centimètre. À commencer par le confessionnal et son rideau lie-de-vin derrière lequel nous avions joué à nous repentir. Les psaumes et les chants s'enchaînent. Une vieille aux cheveux mauves ânonne un poème de Prévert. Même le prêtre africain imprime si peu de certitude dans ses mots. On dirait qu'Aurore est morte depuis des années.

Je n'avais pas revu ses parents depuis le retour du Grand Air. J'ai fini par appeler sur le portable de Madame Gallois. C'est Irène Steiger qui a répondu. Son ton laissait penser qu'elle avait repris du poil de la bête depuis le jour où nous avions mangé des burgers. Elle a daigné me donner le jour et l'heure des funérailles. Quant à voir les Gallois, c'était pour l'instant délicat. Vous comprenez, Mathias ? Le chat Michel a soudain miaulé et mon interlocutrice s'est mise à parler plus fort. Des banalités sur la cérémonie. C'est qui ? Madame Gallois venait de s'emparer de l'appareil.

C'est toi, mon petit Mathias ?

Soudain, j'ai eu comme une étincelle. Juste tenter de vérifier un détail, un peu au hasard, comme on sonderait un lac gelé. Même si elle était shootée au Lexomil, j'avais peut-être une chance. Je voulais vous demander, Madame Gallois...

Appelle-moi par mon prénom, mon chéri...

Ça s'agitait derrière elle au bout du téléphone. Ma question allait tomber comme un cheveu sur la soupe, mais tant pis.

Je voulais juste savoir... Aurore vous a un peu parlé de Bangkok ?

Bangkok ?... Mais qu'est-ce que tu me racontes, mon petit ? J'entendais à présent Madame Gallois se déplacer, sa respiration s'emballer. Doudou...

J'imaginais Monsieur Gallois, quelque part en retrait près du piano. Sa voix était floue et le mot Bangkok semblait rebondir au ralenti entre sa femme et lui. J'ai suivi encore leurs échanges vides autour de ce nom de ville qu'ils paraissaient entendre pour la première fois de leur vie. Doudou devenait inaudible. Je crois qu'on m'a oublié et j'ai raccroché.

C'est Madame Steiger qui prend la parole dans l'église, au nom des parents d'Aurore. Le couple est ratatiné sur un banc vide comme une seule et même petite personne. Il fait très moite et une odeur de transpiration commence à saturer l'air. Au moment de la bénédiction du cercueil, je veux m'approcher, leur signifier ma présence. Un petit vieillard me grille la politesse et se précipite sur eux. Je crois qu'ils ne m'ont même pas vu.

À peine sorti de l'église, mon père m'entraîne à l'écart. D'un geste à la fois bienveillant et ferme. Je ne résiste pas.

L'idée de témoigner mon soutien aux Gallois s'évapore. D'une certaine façon, les Gallois n'existent plus. Je sais désormais ce que j'ai à faire.

Tu vas où, papa ? Depuis quand est-ce que je ne l'ai pas appelé papa ? Il me sourit et me tapote la cuisse.

Ne t'inquiète pas, fils.

Nous roulons pendant une petite demi-heure dans une direction qui me semble vaguement familière. Le décor a changé mais, telles les balises lumineuses d'un ancien aérodrome, des signaux s'éclairent en moi. Je m'abandonne peu à peu. Nous allons vers une bonne surprise, quelque chose que mon père doit avoir concocté depuis un certain temps, je le vois à son air. Nous quittons brusquement la départementale pour un chemin de terre cabossé. Les branchages fouettent le pare-brise, la Golf tressaute dans la poussière. Je sais.

Soudain, la trouée sur le fleuve. À l'époque, l'espace n'était pas aussi dégagé. À peine de quoi garer une ou deux voitures dans un grand fouillis d'herbes et de ronces froissées. Aujourd'hui, une sorte de terre-plein sert de parking. Un vieux fût Texaco, les restes d'un feu, une canette aplatie… Pour l'heure, il n'y a personne.

À cet endroit, la largeur du Rhône doit dépasser la centaine de mètres. Le courant en cette saison est toujours modéré et nous avions accompli, mon père et moi, la traversée aller-retour à plusieurs reprises. La première fois, ce devait être pour l'anniversaire de mes douze ans, sans doute parce que mon père me jugeait désormais apte à cette traversée. Ensuite, pour d'autres occasions. Mon brevet. Mon bac. Mon permis de conduire . J'avais toujours adoré ce rituel. Nous l'avions effectué une ultime fois, la veille de mon exil professionnel, il y a de ça combien de temps ? Je me souviens maintenant à quel point mon père a eu du mal ce jour-là à conserver sa légèreté.

Il ouvre le coffre et en sort serviettes et maillots de bain. Il me tend le mien. Mon vieux Tommy Hilfiger. Il doit encore t'aller, non ? À cet instant où nous sommes tous les deux empruntés et nus, je mesure et même je savoure ce qui m'unit à mon père et à mon passé.

Le fleuve nous attend. Nous marchons sur quelques mètres, le temps de nous accoutumer à sa fraîcheur. Nos pieds tâtonnent sur les galets, nous avançons en titubant et en riant, comme deux hommes ivres. Mon père m'interroge du menton. Prêt, fils ? Et nous entamons notre aller. Comme si nous recommencions la même et unique traversée. Sauf que cette fois, j'en apprécie la moindre seconde. Le clapotis de nos corps qui fendent l'eau. Le ciel, les falaises de craie, l'horizon réduit à la berge. La tête libre de simplement respirer.

Passé quelques brasses, nos crawls deviennent fluides. Nous ne forçons ni l'un ni l'autre. Nous sommes bien.

Il y en a eu des matins, des soirs, des dimanches et des lundis, des semaines, des années. L'ancienne vie d'avant revient. Tout ce temps de l'enfance et de ma première jeunesse s'insinue de nouveau dans mes veines et pétille par petites bulles encore timides. Un jour, j'ai eu une autre vie.

Parvenus sur l'autre rive, nous faisons comme autrefois. Mon père se pose à même les galets et moi, je reste debout à ses côtés, à réguler ma respiration et à apprécier la distance parcourue. On se regarde, mon père a un rire tendrement moqueur, l'air de me souffler : Toujours peur de te salir le cul, fils ? Un petit avion d'aéroclub traverse le ciel à faible altitude, fragile comme un jouet.

À Los Angeles, il y a des taxis tout jaunes, des taxis jaune et noir, des taxis jaune et bleu, des taxis blanc et vert. Le nôtre est noir, une espèce de pseudo limousine qui nous donne aussitôt l'impression d'être dans un film. Le chauffeur est un Pakistanais qui ne cesse durant le trajet de converser dans sa langue. Par instants, le son déborde de ses oreillettes. On ne sait pas trop s'il s'engueule ou quoi. La grosse voiture flotte, grondant à chaque accélération. Sepulveda Blvd. J'adore ce nom. Ida s'est rendormie. Sa tête glisse parfois sur mon épaule. Je découvre un message de ma mère sur mon smartphone. Elle est arrivée à Nice avec des amis et espère bien me voir. Je la préfère sur un autre continent. Tout va pour le mieux.

Le voyage et le décalage horaire nous essorent pendant près de deux jours. Nous dormons par tranches de trois ou quatre heures. Ida prend des douches puis replonge aussitôt dans le sommeil. Je me prépare des cafés solubles dans la salle de bain et je grignote des brownies comme quand j'étais enfant. Puis je descends nager en pleine nuit. Le ciel bleu noir est plein d'étoiles, l'air est encore tiède, l'écho de rares voitures sur le boulevard produit un doux ronronnement caoutchouté. Je suis heureux d'avoir atteint ce degré de fatigue et d'apaisement.

Je suis descendu quelques années auparavant au Wilshire Motel. Ce dernier fait partie de ces établissements désuets qui survivent encore avec une certaine tenue à LA. L'ensemble est articulé autour d'une piscine et d'un bouquet de palmiers que surplombent les chambres et leurs coursives. J'ai demandé deux lits séparés. Il faut s'adapter à cette nouvelle et étrange promiscuité. Nous ne nous sommes jamais embrassés ni caressés. Nous pouvons le faire, nous allons le faire, mais pas encore. Certains de nos gestes demeureront en suspens. Nos corps continueront à s'effleurer.

Tout est si loin et si proche à Los Angeles. Je finis par prendre la voiture pour aller chercher de vrais cafés et des *lemon cakes* que nous mangeons sur la coursive. C'est l'après-midi. Un homme seul accomplit de discrètes longueurs dans la piscine. Au bout d'un moment, Ida me souffle qu'elle est bien. Je mesure l'énergie qu'il lui a fallu pour lâcher cette phrase.

Ses jambes nues et pâles au-dessus de l'eau turquoise. Le feulement d'un jet. Des clapotis.

Je ne sais pas pourquoi, j'ai les larmes aux yeux.

Il y a près de 250 miles depuis LA jusqu'à notre destination. Le désert, et presque rien d'autre. Je regrette d'avoir vu tant de films américains sans en avoir retenu les titres. Une voiture, une route et deux personnages qui cherchent leur destin. J'en ai vu des comme ça.

La poésie des motels. On conseillera le Rio del Sol Inn, posé en bordure de l'Interstate 40, à la hauteur de la bourgade de Needles, dont l'attrait dit touristique doit être proche du chiffre zéro. Cet îlot autoroutier offre cependant de minuscules attraits : le lent passage des trains de marchandises, le va-et-vient des camions sur les parkings voisins, la petite agitation autour des deux stations Mobil et Shell, ainsi que la proximité d'un Carl's Junior, d'un Food Mart, d'un Subway et d'un Dairy Queen. Sans oublier ce lieu magique qui a comblé notre fin d'après-midi : une piscine aussi bleue qu'abandonnée.

Reste à attendre la fin du jour. À barboter et à laisser l'ombre gagner sur le décor.

Le lendemain matin, je pars seul. Pour la première fois, je devine de l'appréhension dans les yeux d'Ida. C'est à peine perceptible, mais je commence à la connaître. Je prends sa main dans la mienne et l'embrasse sur la tempe puis dans les cheveux. Il faut que je referme le dossier moi-même. Elle m'attendra au bord de la piscine.

L'adresse qu'Aurore avait inscrite au dos de la photo doit se situer à une petite demi-heure de voiture. Plus je me rapproche de ma destination, plus je suis gangréné par le doute. Combien de fois d'ailleurs je me suis posé cette question. Si Aurore m'a dit un tant soit peu la vérité, pourquoi Wexler avait-il rompu le contact avec elle ? Même submergé par les pires ennuis, je gageais que cet homme-là n'aurait pas disparu si brusquement. Pas de cette manière.

Passé les dernières maisons qui parsèment en désordre la périphérie de Needles, la route paraît s'égarer vers nulle part. Je me fie au GPS. Il y a eu encore une baraque et une poignée de véhicules agricoles, puis pas grand-chose. Le paysage s'est réduit à des touffes d'herbe jaunes et des broussailles. Quelques miles plus loin, je quitte le bitume pour un chemin de terre. Comme dans un trou du décor entre deux collines, j'aperçois enfin un ensemble de bâtiments qui forment un polygone. De plus près, le lieu paraît moins imposant et un peu vétuste. Je baisse ma vitre et coupe le contact. À la place du silence, je crois entendre une rumeur de cour d'école.

Un portail métallique est lié par une chaîne et un cadenas. Je jette un œil entre les deux battants fatigués. Une poignée de gamins jouent au foot. Le ballon vient de rebondir dans la poussière et les mauvaises herbes. Ça crie en espagnol. J'entends des pas derrière moi. Un petit homme au physique plus que mexicain s'approche. L'air pas réveillé du tout et un marteau à la main. D'où sort-il ? Il baragouine quelque chose d'insaisissable mais son geste est clair, il m'invite à dégager. Ses yeux hésitent entre ma voiture et moi, peut-être à la recherche d'un éventuel complice. Je tente ma chance en espagnol. Je cherche la famille Wexler. Richard Wexler. Un homme grand. Je connais ses filles. Charlotte, Cheyenne. Le Mexicain secoue la tête. Il recule de plusieurs pas en marmonnant je ne sais quoi. La peur est de son côté et ça peut mal tourner.

La casa de la familia Wexler ?

Je désigne une dernière fois les bâtiments, sans conviction. L'homme beugle en tendant son marteau vers la plaine.

Get out !

J'accuse le coup. Bien campé sur ses deux jambes, le petit Mexicain me regarde partir. Au moment où je démarre, je crois le voir sourire. Il ne bouge pas. La poussière du mauvais chemin a fini par le dissoudre dans mon rétroviseur.

Je n'avais pas imaginé que ma quête s'achèverait aussi vite et aussi lamentablement. Il y avait pourtant de fortes probabilités pour que la famille ait encore déménagé. Les retrouver devient compliqué. Ce qui a sans doute été la résidence familiale doit être désormais squatté par une ou plusieurs familles de chicanos.

Je suis triste que tout s'achève avec cette scène ridicule. C'en est même pathétique. Que faire ? Il aurait fallu connaître des gens pour entamer des recherches sérieuses... Frapper à des portes. Discuter. Fouiner. L'affaire va définitivement m'échapper et je ne me sens plus l'énergie de m'y consacrer des semaines encore, voire des mois. J'ai seulement envie de foutre le camp avec Ida.

Je rejoins la route bitumée quand j'aperçois deux silhouettes à cheval qui progressent sur le bas-côté. Des cavalières. Je stoppe à leur hauteur et j'engage la conversation. Les deux jeunes femmes doivent avoir une trentaine d'années, cheveux et yeux clairs, le genre très bien élevé. Je me fais plus américain que je ne l'ai jamais été. Parler de tout et de rien, sourire. Puis je reviens à leurs montures, ils sont vraiment beaux, vos chevaux. Je cherche une amie qui adore aussi les chevaux. Je désigne du pouce l'endroit d'où je viens. Mon amie s'appelle Cheyenne. J'espère juste qu'elle n'a pas changé de prénom.

Cheyenne ? Leurs yeux s'éclairent. Bien sûr qu'elles la connaissent ! C'est une grande cavalière. *A very good rider*. Elles ont accompli des randonnées dans la montagne ensemble. Camper. Traverser des rivières. C'était tellement incroyable. *So amazing !* Dommage qu'elle soit partie. Les deux jeunes femmes affichent maintenant un air désolé. C'est le moment d'en savoir plus. Je perçois comme une forme d'embarras. Oh, la famille a eu des problèmes. Elles ne savent plus trop. Leur ton devient compassionnel. L'une finit par dire qu'ils vivent là-bas, dans une petite maison. Là-bas ? Oui, là-bas à la sortie de Powell. L'autre y est allée une fois. Au bout d'Apache Drive. Elle esquisse une moue gênée.

Vous trouverez facilement, ajoute-t-elle. De quoi brusquement mettre fin à notre conversation. Les cavalières inclinent la tête et s'en vont. Les sabots de leurs chevaux claquent déjà sur la route. C'est à peu près le seul bruit à la ronde. Ça pue le crottin. L'un des deux animaux s'est lâché durant notre conversation. Des mouches commencent à bourdonner. Je démarre.

La dernière portion d'Apache Drive s'achève par un lotissement si blanc et si lisse qu'on dirait un village de Playmobil. Mais avant que la route semble filer jusqu'au fond de l'horizon, il y a une zone indécise où se succèdent encore des terrains aussi clos que vagues. Un seul paraît habité. Des barbelés distendus tracent un périmètre qu'on pourrait nommer une propriété. Derrière la clôture, un mobile-home est planté dans le sol, comme à moitié englouti par un séisme. Plus loin, un pick-up sans roues gît au milieu de bidons et de tôles disloquées. Une caravane. Des draps sur un long fil d'étendage. Un arbre mort. Un trampoline. Un préfabriqué posé au milieu de cette désolation. Devant ce qui tient lieu de perron, un break Chevrolet d'un autre temps. Une dernière fois, je balaie des yeux les alentours, histoire de vérifier qu'il n'y a pas d'autres habitations.

Je ne sais pas pourquoi, je suis quasiment sûr que les Wexler habitent là. Comme si leur existence et leur invraisemblable complicité ne pouvaient s'achever autrement que dans un tel lieu. Comme si tout s'ordonnait à la manière d'un scénario dont le père avait écrit toutes les pages, sauf la dernière. Un grand classique, finalement. Je suis là pour assister au châtiment. J'ai joué un rôle dans la première partie il y a vingt ans, j'ai disparu et le réalisateur me rappelait pour écrire le mot Fin.

Je me gare sur le bas-côté et je traverse la route.

Il ne manque que des chiens à cette misère. J'attends leurs aboiements. Le préfabriqué est surmonté d'un réservoir couvert de mousse. Le son d'une guitare s'échappe d'on ne sait où. J'ouvre la première porte moustiquaire pour toquer sur la seconde. Une voix féminine fredonne une espèce de comptine. Je ne suis pas certain qu'on m'ait entendu. Je frappe de nouveau puis, fort d'une certaine liberté d'acteur, je tourne la poignée en toussant bruyamment. La première pièce est plongée dans une semi-obscurité. De ce que je distingue, c'est comme un salon où l'on aurait entassé ses affaires en arrivant. Cartons, valises, casseroles. Une femme assise dans un fauteuil me fixe. Mes yeux s'accoutument à la pénombre. Je mets quelques secondes à identifier une vieille Madame Wexler, laquelle remue sans rythme un minuscule landau. Je dis Bonjour en français. Un bébé hurle.

Une autre femme apparaît et il me faudrait la lumière de l'extérieur pour m'assurer que c'est bien Charlotte. En revanche, je crois qu'elle me reconnaît à l'instant où elle me demande qui je suis. Pour faire simple, je dirais qu'elle n'est plus qu'un brouillon d'elle-même. Une esquisse engraissée par les sodas et les chips qu'elle avale sur la terrasse en me racontant les déboires de sa famille.

Elle ne semble qu'à peine étonnée de ma présence. Elle prend le bébé et, tout en m'invitant à la suivre, elle me le présente : Richard Junior. Madame Wexler n'a toujours pas émis un son. En sortant de la pièce, je vois qu'elle continue à remuer le landau vide. L'enfant pleure par à-coups. Nous traversons un couloir qui doit desservir des chambres. L'une est entrouverte, un rai de lumière éclaire une unique chaussure sur le sol. Le bébé ne cesse de geindre que lorsque sa mère extrait de son chemisier un sein lourd et bleuté.

Quand nous arrivons sur la terrasse, la lumière du dehors me fait presque chavirer. À moins que ce ne soit l'émotion qui monte en moi. Quelques arbres et un peu d'herbe donnent l'illusion d'un jardin. Au milieu de ce foutoir, je distingue une silhouette féminine assise au loin dans la position du lotus. Immobile comme il se doit, elle paraît fixer la piscine gonflable qui lui fait face. Ce doit être Cheyenne. Chacun dans son rôle. Soudain, je perçois une autre présence, à la limite de mon champ de vision. Wexler est là, au bout de la terrasse. Échoué dans une chaise à roulettes, recroquevillé sur lui-même tel un vieux débile profond. Charlotte me désigne un pliant de camping.

À part sur la guitare, je ne sais plus où poser les yeux pour me concentrer. Mon siège grince. Le bébé, le sein, les sachets de nachos et toutes ces canettes de Dr Pepper à même le sol. Le plus dur, ce sont les gros mollets de Charlotte. Son français est devenu hésitant. Elle revient parfois à l'anglais, des moitiés de phrases.

Pas la peine d'être neurologue. Wexler a été victime d'un AVC. Il ne parle plus, bouge à peine et les rares tests pratiqués à l'hôpital n'ont pas été très concluants. On ne sait même pas s'il a encore conscience de son environnement. Il faudrait payer pour savoir. Or, on s'est aperçus que le père n'a jamais économisé un cent.

Charlotte ne sait pas ce que je sais ou ce que je crois savoir. Elle tente plus ou moins de brouiller les pistes. Tu ne peux pas t'imaginer, il s'occupait de tellement de trucs. Nous, on n'y comprenait plus rien.

Je ne veux pas en rajouter. Le siège du père grince. Ça va, Dad ? On sent que ces mots ont été ressassés à vide de nombreuses fois.

Attends deux minutes. Tu veux boire quelque chose ?

Je décline de la tête. Charlotte se lève péniblement, son fils collé à son sein.

Ses sandales traînent sur le plancher. Toutes les portes couinent. Cheyenne fixe toujours la piscine gonflable.

Mon ancienne amoureuse revient sans le bébé, saisit au hasard l'une des canettes de Dr Pepper sur le sol, en boit une longue gorgée et s'empare de sa guitare. Son front luit.

Écoute Dad…

Une plainte assez belle s'élève sur la terrasse. Dad ne bouge pas. Pas du tout. Quelque chose de l'ancienne Charlotte subsiste dans ce grain de voix. Mais quoi ?

Je ferme les yeux un instant. Comme pour faire le point. Je n'ai pas pensé une seule seconde retrouver les Wexler dans cette misère. Peu à peu, je m'accoutume à l'idée que ma vengeance risque d'être symbolique. Comment prouver à la justice américaine que cette famille trempe dans le crime organisé depuis des décennies ? En ai-je même la certitude, au milieu de toute cette folie ?

La veille encore, j'ai été assailli par le doute. Et aussi la peur. Je me projetais dans un face-à-face avec Wexler. J'allais faire quoi ? Lui casser la gueule ? Encore aurait-il fallu que j'en sois capable. Je le visualisais comme mon ancien prof, l'homme grand et magnétique qui nous avait tous embrouillés. De plus, je le supposais toujours armé ou escorté par ses mercenaires serbes. Ou par Karl, son fils. D'ailleurs, où est-il passé, celui-là ?

Un jour, il n'est pas revenu. On pense qu'il lui est arrivé malheur.

Voilà ce que me répond peu après Charlotte. *Il lui est arrivé malheur*. Elle continue à fredonner des bribes de chanson. À l'intérieur, le bébé se met de nouveau à pleurer. Je m'enquiers du père de cet enfant. Oh, un gars du coin. *A guy*. Il est dans l'armée, je ne sais pas où. Un pays arabe. Ses phrases me paraissent de plus en plus détachées de leur sens. Elle va finir comme les autres, une momie clouée sur la terrasse au milieu de ses canettes.

Un invisible justicier est donc passé avant moi. Et je n'ai maintenant plus que cette dingue aux gros mollets à qui réclamer des comptes. Elle chantonne toujours, son sourire de bonne sœur aimanté à son père.

Ma colère me surprend. Je lui arrache sa guitare et l'envoie voler dans l'herbe jaunasse. Ça suffit ! Même ma voix me dépasse. Un niveau sonore rarement atteint. J'en ai mal aux cordes vocales.

Tu te souviens d'Aurore ?

Cheyenne se retourne dans notre direction. Au fond de la maison, Richard Junior monte de nouveau en puissance.

Charlotte réagit avec un temps de retard, les yeux bêtes, la bouche désaccordée. *What the fuck, man* ? Aurore ? Pourquoi tu me parles d'Aurore ?

Pourquoi je te parle d'Aurore ? Elle est morte. Elle s'est suicidée il y a quelques jours.

Je me retourne en direction de Wexler et je répète. Aurore est morte.

Le vieux dégage autant de vie qu'un bout de bois. Une grosse larme de bave hésite au coin de sa lèvre inférieure.

Raconter la fin d'Aurore serait vain. Une insulte même à sa mémoire. Je viens me planter devant le père. Je cherche une lueur dans ses yeux, quelque chose qui me laisserait penser qu'il me berne une dernière fois, qu'il est encore en train de tous nous rouler, nous les survivants. Son regard semble me traverser, ne prendre appui sur rien, parcourir un énième tour d'aquarium.

Des mouches bourdonnent autour de nous. Soudain, son corps frémit. Une brève électricité parcourt ses membres. Ses paupières se sont closes une seconde. Déjà, elles se rouvrent. On devine dans les pupilles une espèce de soulagement. Une loupiote intérieure. Le vieux pue la merde. Je recule et je me retiens d'éclater de rire.

Charlotte redresse la tête. Et tu as fait tous ces kilomètres pour nous voir ?

Cheyenne reprend sa position du lotus. Le bébé ne pleure plus. Je traverse les ténèbres de la maison. Dans le salon, la mère se redresse sur mon passage. Au moment où je referme la porte, je crois entendre mon prénom. Un tourbillon de vent chaud balaie la cour, emportant tout ce qui était trop léger pour résister. Un reste de sac plastique rouge vif danse très haut dans la poussière.

Le lendemain, nous roulons longtemps sans que je sache tout à fait où nous sommes. Coudes à la portière, sans clim. Il y a de moins en moins de circulation. Un mobile-home, un pick-up. Des bicoques encore plus perdues que celle des Wexler. Parfois, une boîte aux lettres plantée sur le bas-côté.

La nuit nous surprend dans un pli du paysage. En contrebas, une bourgade avec son unique rue. À la sortie, l'enseigne du South Motel clignote sans conviction.

Un sommeil d'abord lourd, sans rêves. Nos deux lits côte à côte. Au petit matin, je me glisse dans le sien.

Ses yeux qui me cherchent et me trouvent, puis nos deux corps, enfin.

Ida se tient dans l'embrasure de la porte, à contrejour. Elle ne porte qu'une culotte dont mes yeux peinent à fixer la couleur. Je la rejoins et soulève ses cheveux pour respirer sa nuque. Elle me prend la main et la pose sur sa joue. Elle sourit.

Bientôt la chaleur se propagera en toute impunité. Le parking est vide. Un tuyau d'arrosage jaune banane serpente jusqu'à la piscine. Un filet d'eau s'y écoule, trois palmiers, beaucoup de ciel et la route qui file droit et loin.

Nous retournons nous allonger. La porte est restée entrouverte et nous n'entendons que le murmure de l'eau. J'effleure le ventre d'Ida.

Plus tard, une voiture s'immobilise devant le motel, moteur au ralenti. L'air est si vide que nous percevons le grésillement d'une radio de bord. La sirène mugit et les pneus crissent sur le bitume.

Le véhicule s'éloigne à vive allure, vers ce qui ne peut être que le désert.

Fictions Asphalte

Dernières parutions

Arun Krishnan » *Indian Psycho*
Timothée Demeillers » *Jusqu'à la bête*
Juan Tomás Ávila Laurel » *Sur le mont Gourougou*
Vladimir Hernández » *Indomptable*
Emmanuel Villin » *Microfilm*
Mario Mendoza » *Satanas*
Orfa Alarcon » *Ni de jour ni de nuit*
Jasmin Ramadan » *Hôtel Jasmin*
Jean-François Paillard » *Le Parisien*
Aymen Gharbi » *Magma Tunis*
Carlos Zanón » *Taxi*
Boris Quercia » *La Légende de Santiago*
Benoît Sourty » *Je m'enneige*
Antônio Xerxenesky » *Malgré tout la nuit tombe*
Francisco Camacho » *Dernière chanson avant la nuit*
Sébastien Verne » *Des vies débutantes*
Jordi Ledesma » *Ce que la mort nous laisse*
Jean-François Paillard » *L'Affaire suisse*
Ricardo Romero » *Je suis l'hiver*
Guillermo Saccomanno » *1977*
Guillermo Saccomanno » *L'Employé*
Diniz Galhos » *Hakim*
Aymen Gharbi » *La Ville des impasses*
Francisco Suniaga » *L'Île invisible*
Edyr Augusto » *Casino Amazonie*
Aníbal Malvar » *Lucero ou la vie fulgurante*

ISBN : 978-2-36533-107-4
Achevé d'imprimer en Pologne.